影视编导辅导系列教材

PROSE
WRITING COURSE
散文写作教程

马 骏 ◎ 编著

复旦大学 出版社

序

散文的历史很长，上可追溯到甲骨刻辞和彝器铭文；散文的范畴很广，包罗各体论说杂文，囊括骈文辞赋；散文的名家很多，古有唐宋八大家，近有"五四"众名家，今有当代八大家；散文的内容很杂，小到家长里短，大到国家兴亡，微到细枝末节，广到宇宙世界；散文的作者身份多样，除了小说家、诗人、戏剧家，还有各行各业的精英翘楚。

无论是高中生、大学生，文科生、理科生，每个人都有学习写好散文的必要。当然，对于正在报考或已经进入艺术院校学习艺术专业的学生尤其重要。本教程专为编导艺考学生和大学低年级学生编写，主要帮助学生了解写作叙事散文的要求并掌握一定的写作技巧，为进一步创作影视、戏剧等叙事作品打好基础、练好基本功。

艺术院校为何如此重视散文写作呢？因为散文写作可以培养学生以下能力：运用语言文字的表达能力、对生活细节的观察能力、对人类情感的感受能力、把生活片段结构成篇的写作能力。这些都是艺术创作所需的基本禀赋和能力。

当然，以上这些禀赋和能力都离不开一个基本前提——做人。由此，我想到了在我母校上海戏剧学院红楼的一楼墙壁上，镌刻着这样一段由上戏老院长熊佛西先生撰写的校训：

培养人才的目标,我以为,首先应该注重人格的陶铸,使每个戏剧青年都有健全的人格,是一个堂堂正正的"人"——爱民族,爱国家,辨是非,有情操的人。然后,他才有可能成为一个伟大的艺术家,所以本校的训练的体系,不仅是授予学生戏剧的专门知识与技能,更重要的还是训练他们如何做人。

这则校训的中心思想是学习艺术应该先学做人,学会做人是成为一个伟大艺术家的根本前提。

那么做人的根本又是什么?我以为是"求真务实"。而"求真务实"与散文的基本创作要求和要追求的精神境界是十分吻合的。所以,散文写作,既是艺术的训练,又是做人的训练。

散文写作过程中对生活的观察、体悟、思考和内省是人在成长过程中建设人格的必要修炼。所以,写好散文,有助于心性的陶冶;写好散文,有助于人文精神的培养;写好散文,有助于胸怀格局的形成;写好散文,有助于对专业各环节的通透领悟。

这一切的修炼,不仅仅是停留在纸面的写作,而应该是更广阔的学习实践、生活实践和社会实践。

我国著名的教育家陶行知先生曾经提出这样的教育主张:"生活即教育""社会即学校""教学做合一"。这本散文写作教程的目标亦将追随熊佛西先生和陶行知先生的教育理念,以生活为本、以社会为师,在学习中实践、在实践中学习,不忘初心,砥砺前行。

本书的各章节和训练题的编写逻辑均回归散文写作要求的基石——"真":"真人实事""真情实感""真言真语""真心真意"。写作文章,舞文弄墨,固然可以剪裁雕琢、添墨加彩,但万万不可歪曲生活、扭曲事实,更不可以偏概全、移花接木而令真相面目全非。因为,当散文离开了"真",就像一张美丽而苍白的"整容脸",经不起生活和时间的考验,没有任何"美"可言;当散文离开了"真",亦像一座没有牢固根基、采用劣质建材的高楼,经不起狂风暴雨,终究会轰然倒塌的。

在本书中,所有的理论单元都以"真"为"神韵",在"真"中探人性,在"真"中求文道。一切返璞归真,一切唯真求实。唯有真,才能使人感受人性的善;唯有真,才能使人感知世界的美!

欢迎读者给予我阅读本书后的意见和建议,我的电子邮箱是875540679@qq.com。

马骏
2020 年 3 月 28 日
于上海

目 录

第一章 真实 …………………………………………………… 1
 一、客观描述事实 ……………………………………………… 2
 二、诚实表达内心 ……………………………………………… 7
 三、抓住最深刻的感受 ………………………………………… 11

第二章 真人 …………………………………………………… 21
 一、写最熟悉的人 ……………………………………………… 22
 二、符合人之常情 ……………………………………………… 30
 三、人物形象的描写 …………………………………………… 36

第三章 真事 …………………………………………………… 44
 一、写好生活片段 ……………………………………………… 44
 二、聚焦核心事件 ……………………………………………… 50
 三、注重细节挖掘 ……………………………………………… 53
 四、简洁明了表达 ……………………………………………… 56

第四章 真情 …………………………………………………… 63
 一、抒写人间真情 ……………………………………………… 63
 二、寻找真情的载体 …………………………………………… 82
 三、情到深处是高潮 …………………………………………… 84

四、字里行间透真情 ·· 86

第五章　真线 ·· 91
　　一、人物线 ·· 91
　　二、事件线 ·· 92
　　三、物件线 ·· 94
　　四、时间线 ·· 98
　　五、空间线 ·· 100
　　六、话题线 ·· 104
　　七、感觉线 ·· 105
　　八、想象线 ·· 107

第六章　真意 ·· 110
　　一、立意要新 ·· 110
　　二、立意要深 ·· 112
　　三、立意要高 ·· 115

第七章　真趣 ·· 117
　　一、童趣 ·· 117
　　二、雅趣 ·· 119
　　三、幽默 ·· 122

第八章　真题（艺术院校招生考试真题） ·························· 127
　　一、精准审题，掌握重点 ······································ 127
　　二、开篇接题，应题而作 ······································ 129
　　三、主体扣题，形聚神聚 ······································ 133
　　四、结尾点题，立意隽永 ······································ 136

第九章　真例(学生习作) ……………………………… 142
　　一、《寂寞花开》 ……………………………………… 142
　　二、《我的父亲》 ……………………………………… 146
　　三、《成长》 …………………………………………… 148
　　四、《我的继父》 ……………………………………… 151
　　五、《拥抱》 …………………………………………… 154
　　六、《我的"恶少男友"》 ……………………………… 158
　　七、《那年夏天》 ……………………………………… 162
　　八、《我的爷爷》 ……………………………………… 164
　　九、《那一次离别》 …………………………………… 168
　　十、《童年》 …………………………………………… 171

参考书目 ……………………………………………………… 175

后记 …………………………………………………………… 177

第一章 真　　实

"真实"并不能算散文的写作技巧,之所以把它放在第一章来讨论,意在强调一个基本底线:真实是散文的生命和灵魂。一旦离开真实,散文将如同行尸走肉。

有人说,小时候,我们词不达意,长大后,我们言不由衷。

词不达意和言不由衷不仅会影响文章的真实性,还会影响对描写对象的客观呈现。

就散文的概念和范畴而言,其本身就可以写就一部专著,而且尚有可能讲不清楚,为了避免陷入各家的不同定义之中,本书采用《辞海》里关于散文的定义:

中国古代,为区别于韵文、骈文,凡不押韵、不重排偶的散体文章,包括经传史书在内,概称散文。随着文学概念的演变和文学体裁的发展,在某些历史时期又将小说及其他抒情、记事的文学作品统称为散文,以区别于讲求韵律的诗歌。现代散文是指与诗歌、小说、戏剧并称的一种文学体裁。其特点是:通过对某些片段的生活事件的描述,表达作者的思想感情,并揭示其社会意义;篇幅一般不长,形式自由,不一定具有完整的故事;语言不受韵律的拘束;可以抒情,可以叙事,也可以发表议论,甚或三者兼有。散文本身按其内容和形式的不同,又可分为杂文、小品、随笔、报告文学等。①

  根据上述定义,本教程要具体探究的并不是涵盖范围甚广的"广义散文",而是相对狭义的"现代散文"。现代散文的主要特征有三:第一,对生活事件的描述;第二,表达作者思想感情;第三,可以抒情、叙事和议论,甚或三者兼有。
  散文作为一种非虚构的写作,必须遵循一个核心关键字——真,所记叙的一切应皆为真人真事,抒发的俱为真情实感。
  要坚持"真实"这个散文的基本价值观,需要做到以下三点。

一、客观描述事实

  被鲁迅②先生誉为"史家之绝唱,无韵之离骚"的《史记》所采用的"不虚美,不隐恶"的"实录"态度和方法,实在是值得所有散文写作者学习并作为标杆的。
  要做到这一点,除了正确的三观——世界观、价值观和人生观外,还需要客观、理性的观察,以及准确的记录和描述。
  《皇帝的新装》里为什么最震慑人心的一句话是出自一个孩子的"可是他什么也没穿啊"?因为孩子讲出了真话!那些大人为什么要言不由衷地称赞并不存在的漂亮的新装呢?恐怕是他们的从众心理所致。现实中,这样从众的例子还少吗?这导致了大量言不由衷的虚伪和人云亦云的平庸。
  在求真写实上,鲁迅先生是我们的楷模,他是一个勇于揭示真

---

① 《辞海》编辑委员会编:《辞海》(1979年版缩印本),上海辞书出版社1980年版,第1471页。
② 鲁迅(1881—1936),中国现代伟大的文学家、思想家和革命家。原名周树人,字豫才,浙江绍兴人。1918年5月第一次用"鲁迅"的笔名发表中国现代文学史上第一篇白话小说《狂人日记》。他的著作主要以小说、杂文、散文为主,代表作有小说集《呐喊》《彷徨》《故事新编》,散文诗集《野草》,散文集《朝花夕拾》,杂文集《热风》《华盖集》《华盖集续编》《南腔北调集》等。

相的"真的猛士"。因为这不但需要"敢于直面惨淡的人生",而且"敢于正视淋漓的鲜血"。

1926年,鲁迅先生不顾北洋政府的威胁,以悼文的形式写下《记念刘和珍君》,记录了一段历史真相,表达了自己内心的真实态度和对学生的真实情感。1926年,为了反抗帝国主义势力干预我国内政,国共两党发起了"北京各界坚决反对八国最后通牒示威大会",岂料游行队伍遭到了段祺瑞执政府卫队的开枪射杀和棍棒加害。这次事变被称为"三一八"惨案,其中,被杀害的刘和珍等四十多位爱国学生被段祺瑞政府污蔑为"暴徒",同时又有流言"说她们是受人利用",国共两党多位领袖和著名知识分子被捕杀。在这样的高压背景之下,鲁迅先生不顾自身安危,通过自己对刘和珍的了解和对社会局势的认知,得出了与北洋政府的说辞截然相反的结论——刘和珍等四十多位罹难的青年学生非但不是所谓的"暴徒",而且还是"为了中国而死的中国的青年"。

鲁迅得出这样的结论是有依据的。在鲁迅的印象里,刘和珍是"始终微笑着的和蔼的",是思想独立、追求进步的,因为"毅然预定了"由鲁迅主编的进步杂志《莽原》,"全年的就有她"。

鲁迅先生还记录了惨案当天自己的见闻,用以驳斥被北洋政府扭曲的真相:

我在十八日早晨,才知道上午有群众向执政府请愿的事;下午便得到噩耗,说卫队居然开枪,死伤至数百人,而刘和珍君即在遇害者之列。但我对于这些传说,竟至于颇为怀疑。我向来是不惮以最坏的恶意,来推测中国人的,然而我还不料,也不信竟会下劣凶残到这地步。况且始终微笑着的和蔼的刘和珍君,更何至于无端在府门前喋血呢?

然而即日证明是事实了,作证的便是她自己的尸骸。还有一具,是杨德群君的。而且又证明着这不但是杀害,简直是虐杀,因为身体上还有棍棒的伤痕。①

这样的证据让后人了解了在1926年"三一八"惨案中被虐杀的北京学生运动参与者刘和珍和杨德群,也将此次惨案的罪魁祸首北洋政府钉在了历史的耻辱柱上。

鲁迅先生的另一篇文章《范爱农》延续了写实求真的"鲁迅体"。文章没有因范爱农"斯人已逝"且他与作者是同乡和同学的关系,便对他进行"美颜""包装",而是根据实情照实写来。鲁迅实实在在、一五一十的描写并没有损害范爱农的形象,文章的高度写实风格也没有使其局限在范爱农与作者的私人关系之中,而是更多地通过一个知识分子的命运折射出国家和民族的命运。

从《范爱农》一文中可以看出,鲁迅起初对范爱农是很厌恶的,范爱农的恩师徐锡麟被杀后,鲁迅等人主张发电报痛斥清政府,而范爱农偏偏与鲁迅作对,这让鲁迅很生气,很讨厌这个人:

从此我总觉得这范爱农离奇,而且很可恶。天下可恶的人,当初以为是满人,这时才知道还在其次;第一倒是范爱农。中国不革命则已,要革命,首先就必须将范爱农除去。②

后来,鲁迅与范爱农在故乡重逢时,笑谈各自经历,谈起此事,原来,在日本时鲁迅曾经对范爱农等新到的留学生有过两次"摇头"的举动,这让范爱农十分不快,并对鲁迅抱有敌意。

一次摇头是范爱农等人的行李在过日本海关时,被"翻出一双绣花的弓鞋"。另一次摇头是鲁迅看到"这一群读书人又在客车上让

---

① 史芊芊主编:《读者最喜爱的经典散文》,百花洲文艺出版社2013年版,第10—11页。
② 鲁迅:《朝花夕拾》,江苏凤凰文艺出版社2015年版,第82页。

起座位来了,甲要乙坐在这位子,乙要丙去坐,揖让未终,火车已开,车身一摇,即刻跌倒了三四个。我那时也很不满,暗地里想:连火车上的座位,他们也要分出尊卑来……自己不注意,也许又摇了摇头"。

　　双方话说开了,两个率真的人并不相互"记仇"。相反,由于彼此消除了误会,鲁迅和范爱农成了共事的朋友。

　　辛亥革命后,鲁迅做了师范学校的校长,范爱农做监学。在鲁迅看来,"爱农做监学,还是那件布袍子,但不大喝酒了,也很少有工夫谈闲天。他办事,兼教书,实在勤快得可以"。

　　可是,好景不长,鲁迅因"报馆案"得罪了军政权的大都督,只好辞职远赴南京就职。范爱农的学监一职也被接任校长的孔教会会长"设法去掉了"。这之后,他"景况愈困穷,言辞也愈凄苦",最后"便在各处漂浮","不久,忽然从同乡那里得到一个消息,说他已经掉在水里,淹死了"。

　　范爱农最终的死因究竟是自杀还是失足,这个真相无从考证,但是鲁迅通过对自己与范爱农相识、重逢、共事、分别等事件的真实描述,反映出范爱农的真实人生遭遇,客观地展现了范爱农这样的知识分子在当时病态、混乱的社会中艰难生存的状况,深刻地揭示了造成范爱农报国无门、求生不得的社会根源。与其说《范爱农》记录的是一个人,不如说它通过一个人真实地记录了辛亥革命后的社会乱象——"内骨子是依旧的,因为还是几个旧乡绅所组织的军政府,什么铁路股东是行政司长,钱店掌柜是军械司长……"

　　季羡林①的《留德十年》也是一本客观描述自己在20世纪三四

---

① 季羡林(1911—2009),山东聊城人,字希逋,又字齐奘。国际著名的东方学大师、语言学家、文学家、国学家、佛学家、史学家、翻译家,在梵文、巴利文、吐火罗文上有极高的造诣,是该领域的权威,被誉为国学大师、学界泰斗、国宝。他于1935年留学德国,1946年回国后受聘为北京大学教授兼东方语言文学系主任,1956年任中国科学院哲学社会科学部委员,1978年任北京大学副校长。著有《牛棚杂忆》《留德十年》《季羡林谈人生》等。

十年代留学德国的真实经历的散文集,其质朴文风所体现的史料感、亲历感让读者如同身临其境,同时借助该书客观地了解了第二次世界大战中德国人民的真实生存状态。

书中《第二次世界大战爆发》记载了季羡林作为一个当事人感知到的德国法西斯的新闻宣传攻势和德国普通民众的心理:

一转眼,时间已经到了1939年。

在这以前的两年内,德国的邻国,每年春天一次,秋天一次,患一种奇特的病,称之为"侵略狂"或者"迫害狂"都是可以的,我没有学过医,不敢乱说。到了此时,德国报纸和广播电台就连篇累牍地报道,德国的东西南北四邻中有一个邻居迫害德国人了,挑起争端了,进行挑衅了,说得声泪俱下,气贯长虹。德国人心激动起来了。全国沸腾了。但是接着来的是德国出兵镇压别人,占领了邻居的领土,他们把这种行动叫作"抵抗",到邻居家里去"抵抗"。德国法西斯有一句名言:"谎言说上一千遍,就变成了真理。"这就是他们新闻政策的灵魂。连我最初都有点相信,德国人不必说了。但是到了下半年,或者第二年的上半年,德国的某一个邻居又患病了,而且患的是同一种病,不由得我不起疑心。德国人聪明绝世,在政治上却幼稚天真如儿童。他们照例又激动起来了,全国又沸腾起来了。结果又有一个邻国倒了霉。①

德国法西斯是发动第二次世界大战、屠杀犹太人的恶魔,这是全世界公认的事实。当然,"恶魔""歇斯底里""丧心病狂",这都是人们事后的"形容"和"定论"。而作为第二次世界大战的亲历者,特别是身处"敌营"的季羡林,记录的却是一个并不广为人知的真相,为人们揭露"恶魔"的真实面孔:德国在发动侵略战争前是做

---

① 季羡林:《留德十年》,华东师范大学出版社2016年版,第71页。

了大量舆论准备的,舆论告诉德国民众的是被歪曲的"真相",即德国的邻国向德国"挑起争端",所以德国要出兵"抵抗"。德国法西斯新闻宣传的灵魂是"谎言说上一千遍,就变成了真理"。所以一开始作者"都有点相信",德国人就更不必说了,不仅相信,而且激动,最后全国上下群情激愤,"结果又有一个邻国倒了霉"。

这样的记载是客观而真实的,因为法西斯的疯狂并不是在一夜之间形成的,一定是由主客观多种因素造成的,这也给人们提供了史料之外的民间记录。

二、诚实表达内心

写散文,要诚实地表达自己的内心,只有诚实的表达才能引起读者的共鸣。巴金、冰心等诸多文坛巨匠为后人树立了良好的榜样。

1. 把心交给读者

"五四"文坛巨匠巴金[①]在《把心交给读者》里写道:"可能以后还会有读者来信问起写作的秘诀,以为我藏有万能钥匙。其实我已经在前面交了底。倘使真有所谓秘诀的话,那也只是这样的一句:把心交给读者。"

巴金还说:"我主张文学的最高技巧是无技巧,不要靠外加技巧来吸引人。"

他悼念亡妻萧珊的散文《怀念萧珊》充分体现了这种"无技巧"和"把心交给读者"的文风。这篇文章写于萧珊去世六周年的时候。为什么隔了这么久才写成这篇悼文呢?巴金解释了原因:

[①] 巴金(1904—2005),原名李尧棠,字芾甘。1929 年发表第一部小说《灭亡》。主要作品有长篇小说《家》《春》《秋》《爱情三部曲》《憩园》《第四病室》《寒夜》等,另有短篇小说集、散文集多种。曾任《收获》杂志主编、中国作家协会主席等重要职务,被誉为"20 世纪中国文学的良心"。2003 年 11 月,国务院授予巴金"人民作家"的称号。

今天是萧珊逝世的六周年纪念日。六年前的光景还非常鲜明地出现在我的眼前。那一天我从火葬场回到家中，一切都是乱糟糟的，过了两三天我渐渐地安静下来了，一个人坐在书桌前，想写一篇纪念她的文章。在五十年前我就有了这样一种习惯：有感情无处倾吐时我经常求助于纸笔。可是一九七二年八月里那几天，我每天坐三四个小时望着面前摊开的稿纸，却写不出一句话。我痛苦地想，难道给关了几年的"牛棚"，真的就变成"牛"了？头上仿佛压了一块大石头，思想好像冻结了一样。我索性放下笔，什么也不写了。①

在写到自己与萧珊从相识到结婚的过程时，巴金的笔法也是自然的，未作任何文学性的修饰：

她是我的一个读者。一九三六年我在上海第一次同她见面。一九三八年和一九四一年我们两次在桂林像朋友似的住在一起。一九四四年我们在贵阳结婚。我认识她的时候，她还不到二十，对她的成长我应当负很大的责任。她读了我的小说，给我写信，后来见到了我，对我发生了感情。她在中学念书，看见我以前，因为参加学生运动被学校开除，回到家乡住了一个短时期，又出来进另一所学校。倘使不是为了我，她三七、三八年一定去了延安。她同我谈了八年的恋爱，后来到贵阳旅行结婚，只印发了一个通知，没有摆过一桌酒席。从贵阳我和她先后到了重庆，住在民国路文化生活出版社门市部楼梯下七八个平方米的小屋里。她托人买了四只玻璃杯开始组织我们的小家庭。她陪着我经历了各种艰苦生活。②

---

① 巴金：《巴金散文精选》，长江文艺出版社2017年版，第160页。
② 同上书，第169页。

在如何看待妻子的才华和自己与妻子的关系上,巴金的语言也是坦诚的:

> 我同她一起生活了三十多年。但是我并没有好好地帮助过她。她比我有才华,却缺乏刻苦钻研的精神。我很喜欢她翻译的普希金和屠格涅夫的小说。虽然译文并不恰当,也不是普希金和屠格涅夫的风格,它们却是有创造性的文学作品,阅读它们对我是一种享受。她想改变自己的生活,不愿做家庭妇女,却又缺少吃苦耐劳的勇气。
>
> ……
>
> 我偶尔看见她拿着扫帚回来,不敢正眼看她,我感到负罪的心情,这是对她的一个致命的打击。不到两个月,她病倒了,以后就没有再出去扫街(我妹妹继续扫了一个时期),但是也没有完全恢复健康。尽管她还继续拖了四年,但一直到死她并不曾看到我恢复自由。[①]

在这篇近万言的悼念文章中,丝毫没有"文豪"的架势和大师范儿,也似乎看不到刻意组织和修饰的辞藻,但是巴金"用一颗真心"和"无技巧"的文字,声声带血、字字含泪地讲述了妻子萧珊在"文革"中因自己而受到牵连,身患绝症得不到及时治疗,最后在没有亲人陪伴、连诀别的话也没留下一句就离开人世的悲惨遭遇,表达了夫妻俩一生患难与共、相濡以沫的深情。文末以一句"等到我永远闭上眼睛,就让我的骨灰同她的掺和在一起",将作者滚烫的心捧了出来,让无数读者感同身受,热泪盈眶。

2. 保持纯洁善良

文品如人品,纯洁善良是散文作者应始终保持的品质。

[①] 巴金:《巴金散文精选》,长江文艺出版社 2017 版,第 169—170 页。

冰心①也是这样一位保持初心、一以贯之的散文作者。无论是《寄小读者》还是《小橘灯》，冰心的散文都弥散着率真直爽的个性，善良温和的性格和纯洁不染的气质。

冰心是富有童心的，她的童心并没有随着年龄的增长而消失，始终保持着一种年轻的状态。在《寄小读者·通讯二》中，冰心因为无意间发现自己家的小狗虎儿咬死了一只偷吃地上饼屑的小鼠而感到无比内疚，自责地称"我堕落了，我实在堕落了！"而且她尝试着向一个成年朋友说起，岂料这位朋友居然笑话她："你真是越来越孩子气了，针尖大的事，也值得说说！"于是，冰心再也没有跟第二个人说起此事，而只能向小读者们忏悔，她承认自己的"堕落"，也请小朋友们"裁判"。

冰心的另一散文名篇《小橘灯》也体现了她的诚实、善意、良知和爱心。文章描述的是国民党专制统治穷凶极恶的1945年春节，发生地是白色恐怖最为猖獗的重庆。

冰心的善良，在于她乐意帮助一个萍水相逢的穷苦小女孩，帮她打电话给医生来医治重病的母亲；冰心的善良，还在于她对这个贫病交加的家庭寄予了无限的同情，先是"买了几个大红橘子"，然后"去探望那个小姑娘和她生病的妈妈"。

冰心的良知，在于她提着小姑娘为她做的小橘灯时，感受到了小姑娘"镇定、勇敢、乐观的精神"，而且在黑暗的统治中"似乎觉得眼前有无限光明"。

冰心的爱心，体现在"当夜，我就离开那山村，再也没有听见那小姑娘和她母亲的消息"。带给她的无限惆怅和惦念。

冰心的单纯，更体现在"每逢春节，我就想起那盏小橘灯"。而

---

① 冰心(1900—1999)，福建长乐人，原名谢婉莹，现当代作家、翻译家、儿童文学作家。她崇尚"爱的哲学"，母爱、童真、自然是她创作的主旋律。她的文学作品影响超越了国界，被翻译成多国文字，得到海内外读者的喜爱，代表作有诗歌集《繁星》《春水》，散文集《小橘灯》《寄小读者》《再寄小读者》《三寄小读者》等。

且,她还期盼着善良、贫苦的小女孩一家能够团圆,小女孩的母亲能够健康。

12年过去了,那小姑娘的爸爸一定早回来了。她妈妈也一定好了吧?因为我们"大家"都"好"了!①

三、 抓住最深刻的感受

如果说真实是散文的生命和灵魂,那么真实的感受则是散文的种子,随着散文作者生活阅历的增长,这颗种子也会萌芽、生长,最终结成散文的果实。

真实的生活感受转瞬即逝,优秀的作者要在生活中做有心人,准确捕捉、随时记录生活中最有感触的事情。

朱自清②的散文堪称感受真切、感情真挚的典范,他对事物的感受是真切的、细腻的、精准的、独特的。

《匆匆》一文以"匆匆"二字作为作者的独特感受,表达了他对时光流逝的无奈和惋惜。

去的尽管去了,来的尽管来着;去来的中间,又怎样地匆匆呢?早上我起来的时候,小屋里射进两三方斜斜的太阳。太阳他有脚啊,轻轻悄悄地挪移了;我也茫茫然跟着旋转。于是——洗手的时候,日子从水盆里过去;吃饭的时候,日子从饭碗里过去;默默时,便从凝然的双眼前过去。我觉察他去的匆匆了,伸出手遮挽时,他又从遮挽着的手边过去,天黑时,我躺在床上,他便伶伶俐俐地从

---

① 冰心:《冰心散文精选》,长江文艺出版社2017年版,第147页。
② 朱自清(1898—1948),原名朱自华,字佩弦,号秋实,原籍浙江绍兴,出生于江苏省东海县。现代散文家、诗人、学者。散文有《匆匆》《春》《你我》《绿》《伦敦杂记》等,所作《背影》《荷塘月色》等篇为中国现代散文早期代表作。

我身上跨过,从我脚边飞去了。等我睁开眼和太阳再见,这算又溜走了一日。我掩着面叹息。但是新来的日子的影儿又开始在叹息里闪过了。①

《春》用播种的比喻写出了一个朝气蓬勃的春天,作者心灵的感受是丰富的,也是深刻的:

春天像刚落地的娃娃,从头到脚都是新的,它生长着。
春天像小姑娘,花枝招展的,笑着,走着。
春天像健壮的青年,有铁一般的胳膊和腰脚,领着我们上前去。②

文章的最后,作者用三个形象化的比喻,使自己内心的感受形象化、生动化,激发读者的同感,从而产生共鸣。

实际上,只要每个人按照自己的真实感受去写作散文,哪怕时间、地点、人物、事件类似,写出的文章都不会完全相同,而是各有特色的。朱自清和俞平伯同游秦淮河后相约而作的同题散文《桨声灯影里的秦淮河》便是一例。这两篇文章记叙的是同一件事,但由于两人的视角不同、感受不同,呈现出迥然不同的情致。

从朱自清在《桨声灯影里的秦淮河》一文最后感叹中,可以看出他的感受是"枯燥无力又摇摇不定的",是"梦醒了"的"幻灭的情思":

这是最后的梦;可惜是最短的梦! 黑暗重复落在我们面前,我

---

① 朱自清:《朱自清散文精选》,长江文艺出版社 2017 年版,第 3 页。
② 史芊芊主编:《读者最喜爱的经典散文》,百花洲文艺出版社 2013 年版,第 42 页。

们看见傍岸的空船上一星两星的,枯燥无力又摇摇不定的灯光。我们的梦醒了,我们知道就要上岸了;我们心里充满了幻灭的情思。①

而俞平伯《桨声灯影里的秦淮河》一文中的感受却是闲适中带有一丝离愁,从文末可以看出他的感受的关键词是"悄默""灯火未阑人散":

凉月凉风之下,我们背着秦淮河走去,悄默是当然的事了。如回头,河中的繁灯想定是依然。我们却早已走得远,"灯火未阑人散";佩弦,诸君,我记得这就是在南京四日的酣嬉,将分手时的前夜。②

人生第一次的感受往往是新鲜而深刻的,也是很值得记录的。在陈丹青③的散文集《多余的素材》中,《我的第一次油画风景写生》《我的第一次油画肖像写生》和《我的第一次素描人体写生》记录了他的几个人生"第一次"。

《我的第一次油画风景写生》写的是 1968 年,作者到淮海路襄阳公园对着东正教教堂写生,有一位中年男子用懂行的语言批评他色调灰暗:"哪里看得出是我们社会主义新中国? 简直像 16 世纪的穷乡僻壤!"正当作者担心被"拽到什么'战斗组'办公室去,拍桌子,问出身"之时,他的同伴小郑强作镇定,反问中年男子的阶级

---

① 朱自清:《朱自清散文精选》,长江文艺出版社 2017 年版,第 13 页。
② 史芊芊主编:《读者最喜爱的经典散文》,百花洲文艺出版社 2013 年版,第 66 页。
③ 陈丹青,1953 年生于上海,1978 年考入中央美术学院油画系研究生班,1980 年毕业留校。1982 年赴纽约定居,成为一名自由职业画家。2000 年回国,现定居北京。早年代表作有《西藏组画》,业余写作出版的文集有《纽约琐记》《陈丹青音乐笔记》《多余的素材》《退步集》《退步集续编》。

出身,那人"不发一言,倏然回身,径直向公园出口跑去"。显然,他的阶级出身也"不好"。这次写生的经历记录了一个荒谬时代中扭曲的人性。

《我的第一次油画肖像写生》写的是 1969 年,作者即将"插队落户"前,他的弄堂邻居阿华请他画一张油画像。阿华在澡堂工作,具体做的是"持一支滑亮的竹竿给各路客人叉衣挂裤"。虽然工作卑微,但阿华崇洋,还偷偷地穿上当时被认为是"封资修"的西装,希望陈丹青能够在油画里画上自己穿西装的样子,还要加上自己自制的"欧米茄"手表。岂料此时听到楼梯"脚步蹬蹬响",为防居委会、户籍警或是红卫兵上门撞见,"'说时迟,那时快',阿华纵身跳起,脱下西装,一把掖在我家被窝下——是的,阿华谁都不怕,就怕给人当场撞见穿西装"。这段描写把那个年代的真实景象呈现在读者面前。

《我的第一次素描人体写生》写的则是 1978 年,"文革"后,作者在就学的美院第一次进行裸体素描写生。这个具有"历史意义"的时刻在作者笔下是这样的:

画室里鸦雀无声。那年,到底是哪家美院的哪堂课率先恢复女体写生?反正这位姑娘是中央美院第一位"文革"后的女模特儿第一次当众裸体。我们在画架前各就各位、拘谨呆立,呈扇形,远远围拢她,却是看她也不是不看也不是——看,不像话,人家没穿衣服;不看,也不像话,人家不穿衣服就是让我们看,让我们画呀!姑娘倒是坦然,她认真听从靳先生摆布姿势,腰扭过来,头别过去,这样子坐坐,那样子站站,简直大义凛然。画室天窗的光芒罩在她身上,忽而我觉得她像是一位引领我们从善如流该当如是的大姐、阿姨、母亲。是的,女性总比男性更坦然:幼年那场戏不也是女孩动议,女孩下令么?什么亚当的肋骨变夏娃,一听就是男爷们儿思路,西方的女权分子怎么不吱声呢。日后,全班同学打心眼儿里敬重她,认她是英雄,是圣徒,那年她被评为全美院的优秀职工,可不是么,当年她一横心解开扣子就写下一笔拨乱反正改革开放的美术史。但她的名姓、模样,还有我的素描写生,我都忘记了:整整十年我们想象并向往这一天,这一刻,我真想好好写出来,却不知怎样写:描述她的身体?与画画无关。描述怎样画身体?与她无关。我只记得老七。老七一次再次看手表,在"她"快要出现时又跑到教室外面,旋即探头唤我出去。

"没什么,"他在走廊里额角冒汗低头沉吟,"我在想会不会出事?你说呢,可别出什么事啊!"[①]

作者的感受是真实的,画室里的"鸦雀无声",研究生们的"拘谨呆立",模特姑娘的"坦然"和"大义凛然",同学老七紧张得"额角冒汗",还问"我在想会不会出事?你说呢,可别出什么事啊!"还原了当时人们紧张、忐忑等复杂的心理,还原了拨乱反正、改革开放之初人们试图挣脱旧思想和旧观念的真实思想过程。

以上几个"第一次"都是几十年前的旧事了,而在作者的记忆中,却是印象深刻,仿若昨日。"文革"、拨乱反正这样的历史大事件,都以凡人小事的形式被记载下来,以达到作者的写作目的——"以日常细节牵动种种记忆,并获得历史感"。

为了培养学生对生活的感受能力,笔者在一次编导专业本科生散文写作课堂教学中,要求学生用一个词语来描述自己在12岁前童年阶段和12岁后青少年阶段的整体感受,并在一分钟内将这种感受写下来,用以训练学生对生活的感受能力。

这堂课中的36个学生来自天南海北,他们的感受可汇为表1-1。从中可以看出,虽然学生的年龄、文化背景大体一致,但在

[①] 陈丹青:《多余的素材》,广西师范大学出版社2007年版,第30页。

生活的感受方面还是有差异的,基本找不到完全一致的感受和表述。而且同一个学生对 12 岁前后的感受一般来说是不一样的,这体现了不同生命个体对不同生命阶段的心理感知的差异。

表 1-1 大学生 12 岁前后生活感受一览表

	童年(12 岁前)	青少年(12 岁后)
学生 1	不知所措	过得太快
学生 2	多姿多彩	浑浑噩噩
学生 3	幼稚	后悔
学生 4	自由自在	潇洒
学生 5	无忧无虑	朦胧
学生 6	很开心	知足
学生 7	快乐	叛逆
学生 8	懵懂	向往未来
学生 9	单一	话少
学生 10	无聊	沉默
学生 11	无感、无助	"蜡笔小新"
学生 12	离别	幼稚
学生 13	累	仓促
学生 14	想念	错太多
学生 15	"中二"、搞笑	无忧无虑
学生 16	"不咋地"	自由
学生 17	美好	成长
学生 18	快乐	思考

续　表

	童年(12岁前)	青少年(12岁后)
学生19	阳光和槐树的味道	绿色的旧自行车和夏天晚上刚下完的雨
学生20	孤独	压力
学生21	天真	向往
学生22	没感觉	没感觉
学生23	逆境中成长	疯狂、狼狈
学生24	玩	不知道在干什么
学生25	还可以	孤勇、成熟
学生26	不太记得	不记得
学生27	累	累
学生28	不记事	记点儿事
学生29	顽皮	不爱说话
学生30	没烦恼	比较自由
学生31	忙碌	压抑、想挣脱
学生32	没顾虑	不敢表达
学生33	没有烦恼	复杂、痛苦
学生34	恐惧、渴望	手足无措
学生35	嘻嘻哈哈	非主流
学生36	夏天	躁

因为课堂上的氛围是放松的,也是非功利的,因此学生们在"感受训练"中写下的感受(虽然并非完全严格按照笔者"仅用一个词来表述"的要求)是符合自己切身感觉的。而这种真实的感觉可

以帮助学生进一步寻找和挖掘为什么会产生这种"感受"的生活经历,以便为写作散文做好心理准备和收集生活素材。

思考与练习

1. 用一个词语来描述自己在12岁前童年阶段和12岁后青少年阶段的整体感受,并在一分钟内将这种感受写下来。

2. 进一步思考为什么会有这种感受,回忆一件童年和青少年阶段印象最深的事情。

3. 阅读下文,谈一谈读完该文后的感受,同时请谈一谈自己对故去亲人的回忆和感受。

又到清明节

马 骏

又到清明节。

父亲,好久不见。

今天,妈做了饭菜,我和姐也回家了,等您回来一起吃饭。我们一家又可以团聚啦。

吃完饭,我们可以坐在阳台上,在鲜花和绿草的环绕下,泡上一杯茶,聊聊天、说说地。

在您走后的两年零八十八个日子里,我没有哭过。甚至在您的追悼会上,既没有哭哭啼啼,也没有呼天抢地,我克制着悲痛的情感,理智、有礼地向给您送行的亲朋好友、左邻右舍、单位领导们致以最诚挚的谢意。因为,我知道,您走了,我是这个家唯一的男人,我得把这个家顶起来,我要为您善始善终的一生做好最后代言,我要把塌下来的一块天空撑起来。您的儿媳说,追悼会上,"一家人都出奇地冷静"。

是的,出奇地冷静!因为,我们曾经在午后的阳台上,无数次地讨论过生命、健康和死亡的话题。

您说,将来如果有一天您不行了,千万不要抢救,您不想浑身插满管子,饱受肉体的折磨,被吸干金钱,还让孩子受累!我知道,这是您在用您独有的方式为离去的那天做预演,提前给我留下"临终嘱托"。我明白,您活着时想的是如何为子女遮挡风雨,死了也不愿意给子女一丝一毫的拖累。我想,不是所有人能把生命想得如此明白、不畏死亡、不求苟活的吧。所以,那天送您去医院的时候,我没有乱了方寸,一切按照曾经商定的原则有条不紊地进行。虽然我也曾经在抢救室门外短时间内情绪失控、双拳锤墙、泪流满面。然而,终于明白那就是和您无数次讨论过的"有一天"!就这样,全家人陪在您身边,直到夜深,直至凌晨。

我还记得,那天,您对我说的最后一句话是"回家"。我应答着、安慰着:"好的,回家。"可是却在急诊室里一动不动,毕竟,这里是三甲医院,有医生、有护士、有设备,能开医学证明……我知道,您最后的愿望就是回到自己家里,躺在自己的床上,如睡着般离去。为什么当时就没有听您的话?也许是怕麻烦,也许是我固执地认为,只要我们陪在您身边,就是家!

感谢您在上个世纪60年代创建了这个家,"创作"了我和我姐这两件还算合格的"作品",苦心经营了50年的婚姻。蜗居、物资匮乏、家务劳作、日常琐碎、婚姻之痒都没能破坏这个破小的、贫穷的,但是完整的、温暖的家。

至今无法从记忆中抹去的是在您停止呼吸的那一刻,长长地叹出了最后的一口气。我知道,您放心地走了,终于可以放下对这个家的责任了。您辛苦了,也该歇息了。以后的事交给我吧。

我在您的额头,给了您一吻。这是您在我儿时给我无数次吻后得到的唯一一次,也是最后一次"回报"。原谅我,原谅这个迟来的吻。来生有机会我愿意每天给您一个热烈的拥抱,每天亲吻您的额头。

您走后，怕母亲和姐姐伤心，我总是故作洒脱地说，爸只是去旅游了！是的，您爱旅游，您的离去，有什么比去旅游更好的比方吗？近10多年来，家里的条件越来越好，以前贫穷年代没法去的地方，您都要去走走看看！70岁之后，您用自己的退休工资跑了美国、俄罗斯、中国台湾、东南亚等地。您在曾经的"美帝""苏修"和"反动派盘踞的岛屿"都留下履痕，回来后，您在旅行社的刊物上撰写游记，抒发喜悦之情。您对退休后的生活，特别是搬入花园洋房后的生活感到知足和满意。您常说"此生足矣、死而无憾！"耄耋之年，您终于带着满足和无憾远行了，只是，这一次，只有去程，没有归途。

您对生活是乐观的、充满智慧的。以前，您对我总是鼓励的、宽容的。对我的一丁点儿的成绩您会不吝赞美；对我的每一次挫折不顺，会忧心忡忡；对我的种种不是甚至无礼之举，也总是尽量宽容谅解。您的离去，让我失去了世上唯一一个无条件给予我鼓励和表扬的人。

现在，您走了，我唯有自己鼓励自己了。虽然今年我已到知天命之年，却依然碌碌无为，好在每天仍然以"龟兔赛跑"之"龟"的态度鼓励自己努力向前缓慢前进着。

两年多了，虽然有好多次我想放声大哭，但是我没有。因为我知道您在天上看着我，您不希望看到我们哭着生，而是希望我们笑着活。

给您敬完香，等您一起用完团圆的午餐，现在我走进阳台，看着那些您伺弄过的花花草草，它们生机勃勃地生长着、盛开着。给您泡上一杯茶，让那一缕茶香袅袅升起、飘向天空，飘向您的齿颊之间。

咱爷俩可以接着聊，也可以什么都不说，满足地享受着花草带来的芬芳。阳台外的中央绿地上，嬉戏的儿童们发出欢快的尖叫声，这一幕多熟悉啊，仿佛昨天停驻在时光之中。

写于2020年4月4日清明节

第二章 真　　人

本章我们谈谈如何写人。

文学是人学，文学作品的终极目的是塑造真实感人的人物形象，而且本书要探讨的也是写人记事的叙事性散文。所以，让我们先从"真人真事、真情实感"之真的"人"开始。

写一个真实的人，首先要仔细观察生活中的这个具体的、活生生的"人"，包括这个人物的性别、年龄、职业、外貌特征、性格特征、兴趣爱好等基本情况。

真实的人应该是五官清晰、五脏俱全的；真实的人，应该是有血有肉、活灵活现的；真实的人，应该是瑕瑜互见、不甚完美的。

为什么我们要强调写真实的人？因为我们所写的人往往是有个人关系的疏密和情感的好恶的。在写作时如何不因情感大于理性而把人物写得"失真"？又如何不因理性大于情感而把人物写得"概念化"？比如你爱你的妈妈，会不会不自觉地把妈妈写得更美丽温柔一些？你爱你的老师，会不会把老师写得更温婉和善一些？把你爱的人写得更"完美"，表面上来讲，那个被写的对象——妈妈、老师、爱人似乎会默许这种笔下的"完美"；实际上，因为失去了"真"，人物反而失去了最根本的"美"。这样的"虚美"因受到作者主观情感的左右，而扭曲了客观的真实，我们用世界上最美丽的辞藻来描写父母、老师、朋友等人时，他们瞬间将成为"标准化"的"塑料假花"，看上去很美，但是毫无个性、毫无生命力。这一点，在很多千篇一律的中小学生作文中是可以看出一些端倪的。

散文写作的重点是把人写好,把人写好的关键是写出真实的人,而唯有真实,"这个"人物与"那个"人物才不会雷同。每个人都不会是一模一样的,每个人都是这个世界上独一无二的存在。

那么,写人从何入手?要符合什么要求?怎样进行人物描写呢?

一、写最熟悉的人

俗话说"不熟不做",说的是要做熟悉的事情,熟悉的事情容易做好,而不熟悉的事相对而言不太容易把握。这句话也适用于散文写作。

写熟悉的人是把人写好的有利条件,所谓"近水楼台先得月"。因为有较长时间的共同生活经验和观察机会,熟悉的人可以给写作者提供丰富翔实的写作素材,特别是富有特色的细节,它将成为文章中独特的亮点。

无论是写父母、家人还是老师,都需要我们仔细观察、细心体会人物的内心活动。许多名家的散文都曾描写自己最熟悉的人——父母、老师、亲友、爱人等。

写父亲的有朱自清的《背影》、汪曾祺的《多年父子成兄弟》、贾平凹的《祭父》、余光中的《失帽记》,以及鲁彦、阿城、北岛、周涛的同题散文《父亲》等。

写母亲的有胡适的《我的母亲》、朱德的《回忆我的母亲》、老舍的《我的母亲》、冰心的《荷叶·母亲》、贾平凹的《写给母亲》、张抗抗的《苏醒中的母亲》、肖复兴的《母亲的月饼》、史铁生的《秋天的怀念》等。

写老师的有鲁迅的《藤野先生》、梁实秋的《我的一位国文老师》、贾平凹的《先生费秉勋》、丰子恺的《怀李叔同先生》、端木蕻良的《我们的老校长》、季羡林的《回忆陈寅恪先生》、陈丹青的《亚明》等。

　　写亲人的有宗璞的《哭小弟》、黄永玉的《太阳下的风景》,以及杨绛的《回忆我的姑母》《钱锺书一家》等。

　　写爱人的有朱自清的《给亡妇》、孙犁的《亡人逸事》、巴金的《怀念萧珊》、三毛的《梦里花落知多少》等。

　　写友人的有鲁迅的《范爱农》、朱自清的《我所见的叶圣陶》、胡适的《追悼志摩》、巴金的《怀念曹禺》、黄苗子的《不会老的小丁》、严文井的《赵树理在北京胡同》、冰心的《老舍和孩子们》、艾青的《忆白石老人》、陈忠实的《悼路遥》、肖复兴的《老友如发妻》、冯骥才的《怀念老陆》、北岛的《如果天空不死》和《话说周氏兄弟》、文洁若的《林徽因印象》、丁玲的《风雨中忆萧红》、李泽厚的《悼朱光潜先生》等。

　　写小人物的有鲁迅的《阿长与〈山海经〉》、张中行的《汪大娘》、杨绛的《老王》、黄宗英的《想你,阿胡子》、林清玄的《木鱼馄饨》和《林妈妈水饺》,以及陈丹青的《我的第一次油画肖像写生》等。

　　对于专业作家而言,从最熟悉的人物写起是最信手拈来的事,而对于初学者而言却截然不同,他们可能会碰到以下两个问题。

1. 对人物太熟悉反而无从下笔

　　这就要求作者必须勤于观察和体会,善于在日常生活中发现人物的"闪光点",并随时把这些"闪光点"记录下来。有了这些丰富的细节和感受,在写人时才能写得立体丰满、真实可信、生动感人。

　　父亲和子女在一起生活十年、数十年,生活的细节很丰富,也很琐碎,如何选择有意思的细节写成一篇文章呢? 汪曾祺①的《多

---

① 汪曾祺(1920—1997),江苏高邮人,中国当代作家、散文家、戏剧家、京派作家的代表人物。著有小说集《邂逅集》,小说《受戒》《大淖记事》,散文集《蒲桥集》,参与创作京剧"样板戏"《沙家浜》《杜鹃山》等,其大部分作品收录在《汪曾祺全集》中。

年父子成兄弟》就是选择了父亲常说的一句话"多年父子成兄弟"作为文章的题目和中心,用它串起了生活中自己和父亲"没规没距"的历历往事。当父亲的这句"金句"也成为"我"的生活信条后,它还串起了自己和儿孙们之间"没大没小"的生活细节。

> 父亲是个很随和的人,我很少见他发过脾气,对待子女,从无疾言厉色。他爱孩子,喜欢孩子,爱跟孩子玩,带着孩子玩。我的姑妈称他为"孩子头"。春天,不到清明,他领一群孩子到麦田里放风筝。①

文章开头的这段描写总领全文,定下了全文的基调,说明父亲的随和、爱孩子,他甚至是一个"孩子头"。接下来的文章继续用几件生活小事对这个"孩子头"的历历往事展开叙述。

> 父亲对我的学业是关心的,但不强求。我小时候,国文成绩一直是全班第一。我的作文,时得佳评,他就拿出去到处给人看。我的数学不好,他也不责怪,只要能及格,就行了。他画画,我小时也喜欢画画,但他从不指点我。他画画时,我在旁边看,其余时间由我自己乱翻画谱,瞎抹。我对写意花卉那时还不太会欣赏,只是画一些鲜艳的大桃子,或者我从来没有见过的瀑布。我小时字写得不错,他倒是给我出过一点主意。在我写过一阵"圭峰碑"和"多宝塔"以后,他建议我写写"张猛龙"。这建议是很好的,到现在我写的字还有"张猛龙"的影响。我初中时爱唱戏,唱青衣,我的嗓子很好,高亮甜润。在家里,他拉胡琴,我唱。我的同学有几个能唱戏的。学校开园乐会,他应我的邀请,到学校去伴奏。几个同学都只是清唱,有一个姓费的同学借到一顶纱帽,一件蓝官衣,扮起来唱

---

① 方星霞编:《文学精读·汪曾祺》,浙江人民出版社2018年版,第138—142页。

"朱砂井",但是没有配角,没有衙役,没有犯人,只是一个赵廉,摇着马鞭在台上走了两圈,唱了一段"郡坞县在马上心神不定"便完事下场。父亲那么大的人陪着几个孩子玩了一下午,还挺高兴。我十七岁初恋,暑假里,在家写情书,他在一旁瞎出主意。我十几岁就学会了抽烟喝酒。他喝酒,给我也倒一杯。抽烟,一次抽出两根,他一根我一根。他还总是先给我点上火。我们的这种关系,他人或以为怪。父亲说:"我们是多年父子成兄弟。"①

以上讲述了"我"在十七岁前父亲对我的态度,"表扬国文""不责数学""建议书法""恋爱支招""互敬烟酒"的几个片段,把看似琐碎的生活细节有机地结合了起来,一并展现在读者面前。

对儿子的几次恋爱,我采取的态度是"闻而不问"。了解,但不干涉。我们相信他自己的选择,他的决定。最后,他悄悄和一个小学时期女同学好上了,结了婚。有了一个女儿,已近七岁。我的孩子有时叫我"爸",有时叫我"老头子"!连我的孙女也跟着叫。我的亲家母说这孩子"没大没小"。我觉得一个现代化的,充满人情味的家庭,首先必须做到"没大没小"。父母叫人敬畏,儿女"笔管条直"最没有意思。②

从"父亲和我"转到"我和儿孙",作者又把自己与儿孙的一些生活片段写进文章。从表面上看,话题被转移了,仔细思考,这两者是有内在逻辑的——"多年父子成兄弟"的家教作为一种精神遗产传承了下来,在"我和儿孙"的关系中延续着,让这个现代化的家庭充满了轻松、自由和人情味。

---

① 方星霞编:《文学精读·汪曾祺》,浙江人民出版社 2018 年版,第 140 页。
② 同上书,第 141 页。

2. 如何把握隐私的尺度

散文求真,但并不代表把家里的隐私,比如家庭破产、父母犯罪被抓、父母离异出轨、家人对簿公堂乃至家庭住址、电话号码、银行卡密码等一股脑搬出来,晒在阳光下。散文作者要把握隐私的尺度。首先,散文具有一定的公开性,在公开的渠道发布散文,应该考虑到保护好既无助于增加文章风采,又不便公之于众的隐私;其次,公开发表的散文应该考虑到社会的公序良俗,不符合公序良俗的事件、细节和观点不宜公开发表;最后,要受法律、道德和世俗观念的约束,根据文章主题、内容剪裁、个人心理承受能力等多方面的综合情况来确定涉及个人隐私的一些事情是否要写出来,写到什么程度。

隐私可能是人们内心最令人感到快乐的事,也可能是最痛苦的,而这往往是作者最有感触的。人们一般愿意"炫富",而不太愿意"比惨",家庭的变故、经济的窘迫、父母的离异、家人的反目等,几乎都属于"家丑"。

家丑可以外扬吗?朱自清的散文名篇《背影》做了一个示范,就采用了"家丑不外扬"的方式,既写出了血浓于水的父子情感,又没有把父亲的种种不是公之于众,以免不经意间伤害父亲,再度恶化父子关系。

《背影》发表于 1925 年,在文章发表前,朱自清与父亲的关系陷入了失和、冲突和断绝的状态。

文首写道:"那年冬天,祖母死了,父亲的差事也交卸了。"到底发生了什么呢?

原来,朱自清的父亲曾在徐州为官,因娶姨太太而引发家眷的矛盾,使此事上了当年某家主流报纸的头版头条。祸不单行的是,除了个人私生活"丑闻",朱自清的父亲还被查出挪用公款,被革职查办了。同时,朱自清的祖母因不堪承受家庭变故,悲愤交加中撒手人寰。这就是朱自清在文首用 17 个字交代的家庭变故。

第二章 真　人

父亲的失业、祖母的去世,不仅让朱家陷入了经济危机,也让朱自清对父亲心存芥蒂。所以,刚刚丧母的父亲不仅反过来要劝朱自清"事已如此,不必难过,好在天无绝人之路",更是把接下来的经济重担交给了朱自清。朱自清为了帮助父亲,日夜苦读,最终提前一年毕业,并因成绩优异,获得了收入颇丰的教职工作。工作后,朱自清每月会拿出一半薪水交给父亲,而父亲却利用自己与校长的私交,直接让学校把朱自清的工资送到家里以由自己这个"大家长"支配。这让朱自清相当不悦。不仅如此,父亲还以大家长自居,对朱自清的妻子常有微词。这些都给父子关系带来了难以弥合的裂痕,并导致朱自清带着妻儿辞去老家扬州的教职,前往宁波、温州等地谋职。其间朱自清也曾试图缓和父子关系,然而事与愿违,父子关系反而每况愈下。这就是文章开头所写"我与父亲不相见已二年余了"的背景。

父亲的种种"丑事",家庭内部关系的种种不堪,并未被朱自清写进《背影》,而是用一笔带过的方式进行交代。显然,朱自清对生活中熟悉的素材进行了"选择"和"裁剪",选取了可以公开的内容,以一个看似普通的生活场景来表现父子关系的转变。特别是那段父亲翻越站台去买橘子的描写,成为中国现当代散文的经典:

父亲是一个胖子,走过去自然要费事些。我本来要去的,他不肯,只好让他去。我看见他戴着黑布小帽,穿着黑布大马褂,深青布棉袍,蹒跚地走到铁道边,慢慢探身下去,尚不大难。可是他穿过铁道,要爬上那边月台,就不容易了。他用两手攀着上面,两脚再向上缩;他肥胖的身子向左微倾,显出努力的样子。这时我看见他的背影,我的泪很快地流下来了。①

---

① 朱自清:《朱自清散文精选》,长江文艺出版社2017年版,第34页。

除了"家丑",个人的情感也是很私密的,一般情况下作者本人是不太愿意讲太多的。季羡林的《留德十年》记录了他从1935年到1946年在德国留学的经历。其中,《迈耶一家》写到了自己在德国的一段私人感情经历,但也只是"点到为止",没有过多深入展开。但是,从作者含蓄克制的笔墨中,读者还是能够感受到一个孤独的海外游子的内心波澜。

季羡林的这段私人感情的女主角是一位名字叫伊姆加德(Irmgard)的德国姑娘,她是季羡林朋友田德望的房东迈耶(Meyer)家的女儿。

季羡林是这么描写自己和伊姆加德的相识经过的:

我同他们家来往比较多,还有另外一个原因。在我写作博士论文的那几年中,我用德文写成稿子,在送给教授看之前,必须用打字机打成清稿;而我自己既没有打字机,也不会打字。因为屡次反复修改,打字量是非常大的。适逢迈耶家的大小姐伊姆加德能打字,又自己有打字机,而且她还愿意帮我打。于是,有很长的一段时间,我几乎天天晚上到她家去。因为原稿改得太乱,而且论文内容稀奇古怪,对伊姆加德来说,简直像天书一般。因此,她打字时,我必须坐在旁边,以备咨询。这样往往工作到深夜,我才摸黑回家。

我考试完结以后,打论文的任务完全结束了。但是,在我仍然留在德国的四五年间,我自己又写了几篇论文。所以一直到我于1945年离开德国时,还经常到伊姆加德家里去打字。她家里有什么喜庆日子,招待客人吃点心,吃茶,我必被邀请参加。特别是在她生日的那一天,我一定去祝贺。她母亲安排座位时,总让我坐在她旁边。此时,留在哥廷根的中国学生越来越少。以前星期日总在席勒草坪会面的几个好友都已走了。我一个人形单影只,寂寞之感,时来袭人。我也乐得到迈耶家去享受一点友情之乐,在战争喧闹声中,寻得一点清静。这在当时是非常难能可贵的。至今记忆犹新,恍如昨日。①

可以看出,伊姆加德对季羡林是很有好感的,而季羡林作为一个在中国国内已有妻子、孩子,受到中国传统道德文化濡染的青年男子,自然不会主动对伊姆加德有非分之想。可是正值青春年少的伊姆加德却在与季羡林接触的过程中怦然心动,从她愿意用自家的打印机帮助季羡林打印"天书一样"的论文原稿,并且常常要"工作到深夜",可以看出她对季羡林的仰慕和不惜时间、精力的付出。当时季羡林的处境很容易让他在迈耶一家的温情中"陷落"。可以想象,作为一个当时不多的身处异乡的中国留学生,季羡林非常孤独,也非常无助,而且当时的德国希特勒政府承认的是汪精卫伪政府,所以他一度还成为"无国籍人士",苦闷彷徨的心情可想而知。所以去迈耶家,对孤苦伶仃的季羡林而言,是可以得到一些快乐和慰藉的。

虽然知道伊姆加德的心意,但是季羡林却不敢再进一步,因为遥远的国和家都等待着他回去承担责任。季羡林在文中引用了一段当时的日记,表达了自己内心对伊姆加德的爱:

吃过晚饭,7点半到 Meyer 家去,同 Irmgard 打字。她劝我不要离开德国。她今天晚上特别活泼可爱。

我真有点舍不得离开她。但又有什么办法?像我这样一个人不配爱她这样一个美丽的女孩子。②

---

① 季羡林:《留德十年》,华东师范大学出版社 2016 年版,第 129 页。
② 同上。

几天之后,也就是在季羡林离开哥廷根的前四天,他在日记里又写道:

回到家来,吃过午饭,校阅稿子。

3点到 Meyer 家,把稿子打完。Irmgard 只是依依不舍,令我不知怎样好。①

从两篇日记的摘录,可以看出季羡林对伊姆加德的痴心以对、一往情深不是无动于衷的,一句"我真有点舍不得离开她。但又有什么办法",又一句"令我不知怎样好",都表现出伊姆加德的依依不舍让季羡林陷入情与理的纠结之中。最终,"理智"战胜了"情感",季羡林还是离开了德国,离开了伊姆加德。据说,伊姆加德此后一直默默等候,终身未嫁。

此文也很好地说明了作者如何恰到好处地拿捏自身隐私的写作尺度,既表达出留学德国的真实情感生活,又没有更多地披露交往细节,从而保护了自己,也保护了伊姆加德的隐私,更保护了远在中国的家人的感受,同时也尊重了中国传统的婚姻道德观念。

二、符合人之常情

散文作者的家庭出身、教育背景、身份地位、人生遭际常常是各不相同的,但人物的行为和语言应该是符合人之常情和生活常理的。唯有站在一个普通的"人"的角度,才能得到更多人的共鸣和理解。

冰心在给台湾版《浪迹人生——萧乾传》写的序中,写到我国当代著名的作家、翻译家、记者(曾经是第二次世界大战时欧洲战

---

① 季羡林:《留德十年》,华东师范大学出版社2016年版,第130页。

场的战地记者)萧乾时,并没有为他"树碑立传"或"歌功颂德",而是拉家常般地谈起了自己和萧乾在童年时期的往事。

提起萧乾这个名字,我不禁微笑了,他是我最熟悉的人了!我说"人"因为我不能把他说是我的"朋友",他实在是我的一个"弟弟"。七十多年以前,在他只比我的书桌高一个头的时候,我就认识他了!他是我的小弟冰季(为楫)在北京崇实小学的同班好友,他的学名叫萧秉乾。关于他们的笑话很多,我只记得那时北京刚有了有轨电车,他们觉得十分新奇,就每人去买了一张车票,大概是可以走到尽头的吧!他们上了车,脚不着地的紧紧相挨坐着,车声隆隆中,看车窗外的店铺、行人都很快地向后面倒退,同时他们悬空的小腿也摇晃得厉害!他们怕被电车"电"着,只坐了一站,就赶紧跳下车来。到家一说,我们都笑得前仰后合![1]

本来,冰心作为成名于"五四"时期的著名作家,为另一位同时代的作家的传记作序,大可以"溢美"一番,这样是符合常理的,既符合冰心老人的身份,也符合萧乾一生的成就。而冰心老人的这篇序,看着不像常规的序言,没有站在"文学巨匠"的地位体现出"盖棺定论"的学术定调,而是站在一个普通人的角度,从人之常情出发,把萧乾当作"弟弟"来写,写他的童年糗事,写他们亲近的"姐弟"关系。其中扑面而来的人情味,读来令人捧腹、令人怀念,仿佛回到七十多年前。这些描写里叙述的内容是《浪迹人生——萧乾传》中所没有的"野史",正好给传记作了"补白",让读者在阅读正文前对萧乾的一生增加了先声夺人的感性认识,对阅读该书起到了极好的导引作用。

---

[1] 冰心:《冰心散文精选》,长江文艺出版社2017年版,第247页。

黄永玉①《太阳下的风景——沈从文与我》的开头,以一个平常人的身份和心态写出了作者对家乡的感情:

从十二岁出来,在外头生活了将近四十五年,才觉得我们那个县城实在是太小了。不过,在天涯海角,我都为它骄傲,它就应该是那么小,那么精致而严密,那么结实。它也实在是太美了,以至以后的几十年我到哪里也觉得还是我自己的故乡好;原来,有时候,还以为可能是自己的偏见。最近两次听到新西兰的老人艾黎说:"中国有两个最美的小城,第一是湖南凤凰,第二是福建的长汀……"他是以一个在中国生活了将近六十年的老朋友说这番话的,我真是感激而高兴。②

黄永玉作为一个小镇青年,年轻时"嫌弃"自己生活的县城"实在是太小了",这是符合人之常情的,哪一个小镇青年不向往大城市,不向往外面的世界呢? 作者在外面闯荡了四五十年后,始终为这个小地方感到骄傲,这也是人之常情。谁不爱自己的故乡呢? 特别是当听到一位在中国居住了六十年的外国人说,中国有两个最美的小城,一个就是作者的故乡——湖南凤凰。作者"感激而高兴",这同样也是符合人之常情的,谁不会因为别人夸赞自己的故乡而感到自豪和高兴呢?

鲁迅的《藤野先生》记录的是他在日本留学期间的一位老师——藤野先生。当时中国人被视为"东亚病夫",在日本受到歧视,藤野先生正是在这样的背景下出现的。中日两国在政治军事

---

① 黄永玉(1924—),生于湖南省凤凰县,土家族人,著名画家兼作家。曾出版《永玉六记》《老婆呀,不要哭》《沿着塞纳河到翡冷翠》《太阳下的风景》等书,画过《阿诗玛》、生肖邮票《猴》和毛主席纪念堂山水画等。
② 黄永玉:《黄永玉自述》,大象出版社2004年版,第136页。

上的较量并没有让藤野先生这样的普通日本人对来自中国的"周树人君"有任何偏见，他坚持以自己一贯严谨而温和的态度教诲鲁迅。

……解剖学是两个教授分任的。最初是骨学。其时进来的是一个黑瘦的先生，八字须，戴着眼镜，挟着一迭大大小小的书。一将书放在讲台上，便用了缓慢而很有顿挫的声调，向学生介绍自己道："我就是叫作藤野严九郎的……"

……

可惜我那时太不用功，有时也很任性。还记得有一回藤野先生将我叫到他的研究室里去，翻出我那讲义上的一个图来，是下臂的血管，指着，向我和蔼地说道："你看，你将这条血管移了一点位置了。——自然，这样一移，的确比较的好看些，然而解剖图不是美术，实物是怎么样的，我们没法改换它。现在我给你改好了，以后你要全照着黑板上那样的画。"

但是我还不服气，口头答应着，心里却想道："图还是我画的不错；至于实在的情形，我心里自然记得的。"

学年试验完毕之后，我便到东京玩了一夏天，秋初再回学校，成绩早已发表了，同学一百余人之中，我在中间，不过是没有落第。这回藤野先生所担任的功课，是解剖实习和局部解剖学。

……

但不知怎地，我总还时时记起他，在我所认为我师的之中，他是最使我感激，给我鼓励的一个。有时我常常想：他的对于我的热心的希望，不倦的教诲，小而言之，是为中国，就是希望中国有新的医学；大而言之，是为学术，就是希望新的医学传到中国去。他的性格，在我的眼里和心里是伟大的，虽然他的姓名并不为许多人所知道。①

---

① 鲁迅：《朝花夕拾》，江苏凤凰文艺出版社2015年版，第74—79页。

与那些自恃是战胜国的"上等公民"的日本学生比起来,藤野先生对鲁迅的态度是平和、理性的,完全不见一丝骄纵之气。其实,藤野先生也没有特别为鲁迅做什么,他只是按照自己的价值观,做他自己认为该做的事情。而这一切,对于当时正遭受来自周遭排挤的鲁迅来讲,却感受到难得的公平和温暖。因为这一切都符合人之常情,所以藤野先生的严谨公正和鲁迅的感激之情,都让人感受到疯狂世界里公平和理性的可贵。

其实,藤野严九郎先生在鲁迅逝世后也写过一篇名为《谨忆周树人君》的文章,在这篇文章中,藤野先生的人格魅力进一步得到了印证。一如藤野先生低调内敛的性格,他在文章中并未给予自己任何溢美之词;相反,对鲁迅把他"微不足道的亲切当作莫大恩情加以感激",藤野先生颇为惊讶——"我自己也觉得有些不可思议。"他的谦逊和卑微让读者切实地感受到了他正直、淡泊的性情和品格。

至于藤野先生为何对鲁迅、对中国人怀有好感,他自己作了解释——少年时代的藤野曾经学习过中文,对中国先贤心生崇敬,感到要爱惜来日本的中国人。而鲁迅在《藤野先生》中把藤野称为恩师,这让藤野感叹,如果能早些读到鲁迅的作品就好了。

藤野的感叹"听说周君直到逝世前都想知道我的消息,如果我能早些和周君联系上的话,周君会该有多么欢喜啊",看似自然平常,却充满了一位老师对学生的刻骨铭心的深厚感情。

安宁的《父亲曾经是老师》一文,从一个女儿的角度描写了她平凡的父亲。尽管作者娓娓道来的都是一些看似极其平常的小事,然而就是在一些非常微妙的细节中,我们可以看到这位一生都郁郁不得志的父亲身上最令人动容的一面。她的父亲原本是个民办代课老师,热爱教学工作,每次课都上得神采飞扬,后来由于别人"走后门",他失去了教师工作,为了谋生做了很多体力劳动,有

一次甚至居然为曾经的学生扛包。但是在艰难中求生的他还是十分怀念自己的教师生涯,并把他的女儿培养成才:

……那时我在小城的高中里做语文老师,像一个盼着糖吃的孩子,父亲每天都渴盼我有改不完的试卷带回家来,这样他就可以带上老花镜,在灯下细细帮我批阅。

起初我并没有理解他的这份迫切,反而因此觉得麻烦,不愿将厚厚的一摞试卷塞到书包里去。他知道了竟是隔三岔五地便跑到学校里来找我,看我埋头于作业本里,便微笑着坐在旁边,一本本地帮我翻开放在一旁。偶尔我请教他一个词的用法,他立刻就一脸的欢喜和雀跃。

我以为这是因为父亲老了,所以才越来越像孩子一样的天真和单纯。直到有一天,我请父亲听我的课,中间让他给学生们讲一些感悟,他竟是又回复到当初的神采飞扬。我坐在台下,看着身边学生纯真的神情,忽然又想起了那些我曾经无限崇拜着父亲的往昔。原来,老的不是父亲,而是时光;它走得如此之快,以至跟在它身后的我们,再也想不起像父亲一样被中途撵下车去的一代。[1]

作者用平实的叙事方式,讲述了父亲在女儿做了老师之后,借机蹭"做老师"感觉的两件事——"帮翻作业本"和"课堂分享感悟",生动地刻画出父亲对教师工作心心念念的情结。

最后,作者选取了生活中常见的片段:

冬日一个阳光温暖的周末,我闲着无事,又帮父亲数头上的白发。数着数着,我突然说,爸爸,为什么你的白发我总也数不清呢?爸爸便笑,说,傻丫头,那是因为爸爸老了啊。

---

[1] 高长梅主编:《写人叙事散文选·中学卷》,花山文艺出版社2013年版,第36页。

第一次,我站在父亲的身后,背着他哭了许久。①

这篇散文中,父亲是郁郁不得志的小人物,女儿也只是平平凡凡的中学老师,人物命运的起伏,靠的不是"剧情",而是在字里行间浸透着的人之常情。正是因为这平凡父女间寻常、琐碎的细节,小人物的追求、挣扎和失落跃然纸上,才会令人产生感同身受的体验和催人泪下的审美效果。

三、人物形象的描写

写人叙事散文中常用白描手法进行人物形象的勾勒。白描是指用最简练的笔墨,不加渲染,描画出鲜明生动的形象,用最精练、最节省的文字粗线条地勾勒出人物的精神面貌。散文写作要求作者准确地把握人物最主要的性格特征,不加渲染、铺陈,而用传神之笔加以点化。

鲁迅的散文是使用白描手法的典范作品。鲁迅曾说:"白描却没有秘诀。如果要说有,也不过是和障眼法反一调:有真意,去粉饰,少做作,勿卖弄而已。"

在用白描手法勾勒人物时,要注意以下几点。

1. 突出主角

如同电影和戏剧,每篇叙事散文也都有主角。有很多篇目,从题目就可以看出文章的主角。比如鲁迅的《藤野先生》、巴金的《怀念萧珊》、丰子恺的《怀李叔同先生》、端木蕻良的《我们的老校长》、季羡林的《回忆陈寅恪先生》、杨绛的《回忆我的姑母》、陈丹青的《亚明》、贾平凹的《先生费秉勋》等。

在描写人物时要突出主角,文中出现的配角和"群演"是为了更好地说明和陪衬主角的,千万不能喧宾夺主,也不能本末倒置。

---

① 高长梅主编:《写人叙事散文选·中学卷》,花山文艺出版社2013年版,第35—36页。

第二章 真　人

鲁迅的《阿长与〈山海经〉》，寥寥数笔，把一个喜欢探听隐私、喜传八卦、行为粗憨的农村妇女形象勾勒得活灵活现。

虽然背地里说人长短不是好事情，但倘使要我说句真心话，我可只得说：我实在不大佩服她。最讨厌的是常喜欢切切察察，向人们低声絮说些什么事，还竖起第二个手指，在空中上下摇动，或者点着对手或自己的鼻尖。我的家里一有些小风波，不知怎的我总疑心和这"切切察察"有些关系。又不许我走动，拔一株草，翻一块石头，就说我顽皮，要告诉我的母亲去了。一到夏天，睡觉时她又伸开两脚两手，在床中间摆成一个"大"字，挤得我没有余地翻身，久睡在一角的席子上，又已经烤得那么热。推她呢，不动；叫她呢，也不闻。①

在以上的描写中，主角是阿长，配角是"我"，群众演员是"人们"。"我"在上文中的出现，是为了表现阿长的行为粗憨、没心没肺，"人们"的出现，是为了说明阿长的喜欢探听隐私和传播家长里短的八卦消息。

季羡林在《我的老师们》中，写到了他的老师瓦尔德施米特教授：

在德国老师中同我关系最密切的当然是我的 Doktor-Vater（博士父亲）瓦尔德施米特教授。我同他初次会面的情景，我在上面已经讲了一点。他给我的第一个印象是，他非常年轻。他的年龄确实不算太大，同我见面时，大概还不到四十岁吧。他穿一身厚厚的西装，面孔是孩子似的面孔。我个人认为，他待人还是彬彬有

---

① 鲁迅：《朝花夕拾》，江苏凤凰文艺出版社 2015 年版，第 18 页。

礼的。德国教授多半都有点教授架子,这是他们的社会地位和经济地位所决定的,是不以人的意志为转移的。后来听说,在我以后的他的学生们都认为他很严厉。据说有一位女士把自己的博士论文递给他,他翻看了一会儿,一下子把论文摔到地下,忿怒地说道:"Das ist aber alles Mist!"(这全是垃圾,全是胡说八道!)这位小姐从此耿耿于怀,最终离开了哥廷根。①

在上文中,瓦尔德施米特教授是主角,"我"是配角,以我的观察和感受突出了瓦尔德施米特教授的"年轻""彬彬有礼"。而另一个配角——"一位女士"递交博士论文的事件,让我们感受到教授的另一面——"严厉"。由此,瓦尔德施米特教授由外而内,喜怒皆形于色的形象便生动地浮现在读者眼前。

余秋雨②在《漂泊者》中,用"旁敲侧击"的方式描写了一位漂泊者"沈先生":

他70多岁,姓沈,半个世纪前的法国博士。在新加坡,许多已经加载史册的国内国际大事他都亲身参与,与几代政治家都有密切的过从关系。在中国,他有过两个好友,一个吴晗,一个华罗庚,都已去世,因此他不再北行。

他在此地资历深,声望高。在我见他那天,古董店老板告诉我,陪着我想趁机见他一面的人已不止一个。其中一个是当地戏

---

① 季羡林:《留德十年》,华东师范大学出版社2016年版,第100页。
② 余秋雨,1946年出生于浙江余姚,著名文化学者,理论家、文化史学家、散文家。1966年毕业于上海戏剧学院戏剧文学系。上海戏剧学院教授,曾担任该院院长。出版学术专著《世界戏剧学》《中国戏剧史》《观众心理学》等,获海内外学术界的高度评价。余秋雨以擅写历史文化散文著称,他的散文集《文化苦旅》在出版后广受欢迎。此外,他还著有《中国文脉》《山河之书》《千年一叹》等散文作品。

剧界的前辈,广受人们尊敬,年岁也近花甲,但一见他却恭敬地弯腰道:"沈老,40年前,我已读您的文章;30年前,我来报考过您主持的报社,没有被您录取……"①

余秋雨用沈先生曾亲身参与载入史册的新加坡国内外大事、与一代政治家的密切关系以及他的两位中国好友——大名鼎鼎的吴晗和华罗庚,证明了沈先生在两国政界、学界的资历和影响力。除此之外,作者还用一位新加坡戏剧前辈拜访沈先生时对沈老诚惶诚恐的态度,曲笔写出了沈先生在新加坡文化界的崇高地位。

2. 抓住主要特征

成功运用白描手法的另一个关键就是要抓住人和事的主要特征,浓墨重彩、一笔到底。在用白描手法写人物时,既不宜过多写人物的背景和前史,也不宜作过多的外表和心理描写,而应通过抓住最具人物特征的形象、动作和语言,将人物的性格予以突出。这与绘画中的素描有异曲同工之处。

老舍②《宗月大师》写宗月大师的出场——那时还不叫宗月大师,老舍叫他刘大叔——简略而又有神的几笔,就刻画出了刘大叔的风采,也预示了人物后半生的命运。

有一天刘大叔偶然的来了。我说"偶然的",因为他不常来看我们。他是个极富的人,尽管他心中并无贫富之别,可是他的财富使他终日不得闲,几乎没有工夫来看穷朋友。一进门,他看见了我。"孩子几岁了?上学没有?"他问我的母亲。他的声音是那么

---

① 余秋雨:《文化苦旅》(新版),长江文艺出版社2014年版,第173页。
② 老舍(1899—1966),原名舒庆春,字舍予。中国现代著名作家、杰出的语言大师,新中国第一位获得"人民艺术家"称号的作家。代表作有小说《骆驼祥子》《四世同堂》,话剧《茶馆》等。

洪亮,(在酒后,他常以学喊俞振庭的《金钱豹》自傲),他的衣服是那么华丽,他的眼是那么亮,他的脸和手是那么白嫩肥胖,使我感到我大概是犯了什么罪。我们的小屋,破桌凳,土炕,几乎禁不住他的声音的震动。等我母亲回答完,刘大叔马上决定:"明天早上我来,带他上学,学钱、书籍,大姐你都不必管!"我的心跳起多高,谁知道上学是怎么一回事呢!①

上文中,刘大叔的外貌、衣着、行为、语言都是极富性格特征的。因为富有和热心,他讲话的声音洪亮,而且他酒后还要学着喊几嗓子京戏。因为生活条件优渥,他的衣着华丽、肤白体胖、眼睛明亮;因为工作忙碌,他的语言简单明了,开口就问老舍的母亲"孩子几岁了? 上学没有?",得知因为家贫孩子还未上学,刘大叔爽气地决定"明天早上我来,带他上学,学钱、书籍,大姐你都不必管!"一个简单的人物出场,犹如京剧名角的亮相,人物素描形象、活灵活现。这些文字朴实无华,不愧是出自"语言大师"老舍的笔下。

黄宗英②的《想你,阿胡子!》在描写电影厂的场工阿胡子时,把他当作主角来写,大明星赵丹成了文章的配角,在配角的映衬下,阿胡子的人物形象栩栩如生:

提起阿胡子,凡在上海滩吃过一阵子电影饭的,几乎无人不知,无人不晓。一谈到他,人们自然而然勾起几多往事旧情,回味

---

① 老舍:《老舍散文精选》,长江文艺出版社 2017 年版,第 159—160 页。
② 黄宗英,1925 年生于北京。中国当代著名女演员、作家、编剧。曾任中国电影家协会理事,中国作家协会理事。创作有报告文学《大雁情》《桔》,出版有散文集《半山半水半书窗》《卖艺黄家》。2016 年,出版文集《黄宗英文集》。2019 年,荣获第七届上海文学艺术奖"终身成就奖"。

第二章 真 人

不尽。有人说,阿胡子是老联华的,有人说,阿胡子是明星公司的,有人说,拍西洋景辰光,还没成立什么公司什么厂,阿胡子就进了电影史了;反正也从来没人顶真核对过。我有时想,他该不是一生下来就长着连腮大胡子吧。从黑乎乎的,渐渐变成灰土土的,渐渐变成白喳喳的。阿胡子仿佛从来没戴过帽子,除了拍外景有时顶个"济公活佛"式破斗笠。大概世界上没他那么大的脑袋。他仿佛从来没年轻过,所以也从来不被人想到他是渐渐地老了,何况到老还像是一头斗角的公牛。

阿胡子谈起电影界历代明星来,就像数落自家阿妹:胡蝶、人美、莉莉、小咪、莎菲、秦怡、丹凤、上官、陈冲小姑娘……辈份儿在他是无所谓的。有时,谁要点派头儿,阿胡子会当面戳穿,比方说:"阿丹,侬着开裆裤辰光,我老早是电影棚里老鬼(音"举")咪!"阿胡子傲然把大拇哥一翘,赵丹也就神气不起来了。一般地说,赵丹也从不在阿胡子这等人面前耍派头儿的,因为阿丹仿佛血缘里和阿胡子属于一派。

阿胡子究竟是何等人?场工。①

黄宗英与阿胡子一样,解放前就已经是上海电影业的从业人员。只不过,前者是电影明星,而后者只是幕后一个默默无闻的场工。因为场工阿胡子是作者熟悉的人物,是片场不可或缺的人,所以作者的描写由表及里,入木三分。"阿胡子"成为这个人物的"绰号",这个绰号具有江南语言特色,显然与他的"连腮大胡子"有关,这是人物最具灵魂的特征。同时,这片"从黑乎乎的,渐渐变成灰土土的,渐渐变成白喳喳"的"连腮大胡子"也象征着阿胡子在电影界从业的资历。这份资历使他"谈起电影界历代明星来,就像数落自家阿妹",也使资历颇深的老牌明星赵丹(作者丈夫)在他面前

---

① 高长梅主编:《写人叙事散文选·中学卷》,花山文艺出版社 2013 年版,第 50—51 页。

也不敢"耍派头儿"。一方面,是因为赵丹在"着开裆裤的辰光",阿胡子已经"是电影棚里老鬼",资历比赵丹还老;另一方面,赵丹"血缘里和阿胡子属于一派",都是"懂得专业、热爱专业"的电影人。

李辉①的《在冬天,怀念梅志》写第一次见到胡风的夫人梅志的经过,凭借着极为深刻的第一印象,寥寥数笔画下了梅志的肖像:

> 走进客厅,见到了梅志和女儿晓风。我吃惊地看到,年近古稀的梅志在历尽牢狱磨难之后竟无一点衰老迹象。个子不高,身材苗条,没有多少皱纹,也没有什么长吁短叹。她的语调柔和,但说话简捷明了,透出精干、果断与沉静。最美的是眼睛,有脱俗的清澈。这些,与整洁合身的浅色便装和谐地构成一个整体,有意无意之间用女性的美丽为她经历的纷乱动荡的时代提供了强烈的反差。②

作者用白描手法描写年近古稀的梅志时,突出的特征和印象竟然是"美丽"。在东方,这个词一般用于描述年轻女子,很少用于上了岁数的女人。对于这份"美丽",作者的描述简明扼要,抓住了人物的精髓——在外表上首先是不老,其次是苗条,最后是没有多少皱纹,穿着合身的浅色便装。在气质上,她首先是没有长吁短叹,其次是语调柔和,最后是表达简洁。总体来说,梅志身上体现

---

① 李辉,1956 年出生于湖北,1982 年毕业于复旦大学中文系,1986 年加入中国作家协会。1997 年散文集《秋白茫茫》获首届鲁迅文学奖;1998 年由花城出版社出版《李辉文集》(五卷本);2001 年由大象出版社出版个人图文系列"大象人物聚焦书系"10 种;主编"金蔷薇随笔丛书"20 种、"沧桑文丛"24 种、"历史备忘录书系"6 种,参与策划"火凤凰文库"24 种;另有《福斯特散文选》《走进中国》等译著出版;2007 年 4 月,因"封面中国"系列作品被第五届华语文学传媒盛典评选为"2006 年最佳散文家"。

② 高长梅主编:《写人叙事散文选·中学卷》,花山文艺出版社 2013 年版,第 139 页。

的是一种女性的深沉的美丽,尤其是她的眼睛,脱俗、清澈。这种美丽是一种经历动荡年代也没有被摧毁的坚强。这样的一幅简笔肖像画不由得让作者"想起俄罗斯十二月党人的妻子:美丽、坚韧、勇敢"。"美丽""坚韧""勇敢",这三个词正是作者通过描写想要告诉读者的人物主要外表和性格特征。

思考与练习

1. 观察你身边熟悉的人,如家人、老师、同学等,写一篇 1 000—1 500 字的"人物素描"。

2. 角色转换练习:请以父亲或母亲的口吻写一篇关于自己的散文,字数 1 000—1 500 字。

第三章 真　　事

　　散文作为非虚构的写作文体,记真事和写真人一样都是最基本的要求。散文中所写的事必须是真事,它应该是作者亲身经历的真实事件,且应客观、准确地描述,传达出独到的感受。

　　要写好真事,需要做好以下四个方面。

一、写好生活片段

　　散文之所以"散",是因为与小说对比而言,它并不要求故事情节的连贯性,甚至都不要求故事的完整性,通常由几个生活片段组成。这些生活片段,表面上来看,时间、地点、事件互不关联,实际上却有着千丝万缕的内在联系。写好生活片段,是写好散文的基本条件。

　　胡适[①]的《我的母亲》记录了他与母亲共同生活九年中的四个生活片段。

　　片段一:有一次姨母怕作者着凉,拿了一件小衫,作者却不肯穿,还说了对"老子"不敬的话。晚上人静后,作者被母亲责罚了一顿。作者跪着哭,因为用手擦眼睛,得了眼病。母亲说可以用舌头

---

① 胡适(1891—1962),原名胡洪骍,字适之,安徽绩溪人,以倡导"白话文"、领导新文化运动闻名于世,是新文化运动的主将和《新青年》杂志的代表人物,中国现代著名作家、学者。1910年赴美留学,1917年获哥伦比亚大学哲学博士学位,同年回国,与陈独秀等人发起文学革命运动,发表了著名的《文学改良刍议》。

第三章 真　事

舔来治疗。有一夜她把作者叫醒,用舌头舔他的病眼。

　　片段二:因为大哥欠下烟债、赌债,每年除夕,家中总有一大群讨债的人上门。大哥出去躲债了,母亲忙着料理年夜饭、谢灶神、压岁钱等事,只当作不曾看见债主们。到了近半夜,母亲才走后门出去,央求一位邻舍本家来给每一家债户发一点钱。债主们这才散去。债主们走后,大哥敲门回家了。母亲也不责骂他,脸上都不见一点怒色。在作者印象中,有六七年过年时节都是这样的。

　　片段三:无能但不懂事的大嫂和很能干却气量窄小的二嫂常常闹矛盾,"她们生气时便打骂孩子来出气,一面打,一面用尖刻有刺的话骂给别人听"。母亲从不和两个嫂子吵一句嘴,要么装作没听见,要么到左邻右舍家去坐一会儿。有一次实在忍无可忍,一天早上她便不起床,轻轻地哭一场。她的哭声被两位嫂子听见了,便端茶送水过来,劝一会儿才退出去。此后,至少有一两个月的太平清静日子。

　　片段四:不务正业的五叔有一天在烟馆里发牢骚,说"母亲家中有事总请某人帮忙,大概总有什么好处给他"。母亲得知后气得大哭,当面质问五叔,直到他当众认错赔罪才罢休。

　　以上四个生活片段很有代表性。片段一表现了母亲集严厉和慈爱于一身的教子方式;片段二表现了一个掌管家庭重任的"后母"独撑大局、委曲求全的处事方式;片段三表现了母亲温和善良、忍辱负重的性格;片段四表现了母亲冰清玉洁的操行。四个片段从不同的角度说明了母亲的为人。

　　宗璞[①]的《哭小弟》回忆了从事航天科研工作,不幸罹患绝症、

[①] 宗璞(1928—　),当代女作家,著有小说、散文、童话多种,并有少量译作。《弦上的梦》获全国优秀短篇小说奖,散文集《丁香结》获新时期全国优秀散文(集)奖,童话《总鳍鱼的故事》获全国首届优秀儿童文学奖,《东藏记》获第六届茅盾文学奖。

英年早逝的小弟生前的五个片段。

片段一：小弟在手术后休养期间，仍在看与工作有关的科研论文，还做些翻译工作。直到临终前，小弟忽然说想吃对虾。

片段二：童年时，小弟总跟在作者身后。他虽然小，却常常当老师，让大家坐好，他站着上课。冬天里，别人都怕用冷水洗脸，他却不怕。

片段三：满满一车人去医院看望病重的小弟。到医院后，有人进病房和他握手，有人只在房门口默默地站一站。来看望小弟的人们既想来看他一眼，又怕打扰他。

片段四：手术时，许多人等在一旁，准备随时献血。肿瘤取出来了，有一个半成人的拳头大，一面已经坏死。

片段五：小弟入院之前，常常伏案看资料，他经常胃痛，有时从睡眠中痛醒，工作中有时会痛得大汗淋漓。其实这就是癌症的症状，而小弟往往就是坚持一会儿，就又去工作了。

第一个片段表现出小弟对工作的执着和对生命的热爱；第二个片段表现出小弟从小就颇具领导才能，而且不畏自然条件的艰难；第三个片段表现出他的好人缘，人品也得到大家的敬重；第四个片段，从小弟肿瘤之大可见该肿瘤由来已久；第五个片段侧面表现出小弟为了工作一再拖延病情，以致最后病入膏肓。

以上五个生活片段，发生的时间、地点、内容各不相同，但是总体上可以让读者清晰地概览一个少年聪慧、青壮年勤恳工作，最终病倒在工作岗位上的科研人员的勤勉一生和感人事迹。

丰子恺[①]的《怀李叔同先生》记叙了关于李叔同先生的五个生

[①] 丰子恺(1898—1975)，浙江桐乡人，中国现代画家、散文家、美术教育家、音乐教育家、漫画家、作家、书法家及翻译家，是中国现代漫画事业的先驱。主要散文有《缘缘堂随笔》《缘缘堂再笔》《随笔二十篇》《甘美的回忆》《艺术趣味》《率真集》等。

第三章 真　事

活片段。

片段一：李叔同少年时在上海大展才华，英俊潇洒，从往昔他送给丰子恺的照片，可以看出先生是十足的"翩翩公子"。

片段二：李叔同在日本留学时，全面学习西洋艺术，创办春柳社、扮演茶花女，更有当时的照片为证，活像个西洋人。

片段三：回国后，李叔同身兼杭州、南京两所学校的教师工作，穿上布衣、布鞋，教学生石膏写生。

片段四：李叔同曾经学道，并入山断食17天。

片段五：李叔同学佛后，修的是最难的一宗，还修成了"重兴南山律宗第十一代祖师"。收到丰子恺多寄的邮票，要问如何处置。李叔同去看望作者，要把藤椅轻轻摇动后再坐，以免压死椅子上的小虫。

以上几个片段都是生活中容易被人忽略的"小事"，却说明了李叔同先生的一种品格——"认真"。丰子恺在文中这样总结：

> 如上所述，弘一法师由翩翩公子一变而为留学生，又变而为教师，三变而为道人，四变而为和尚。每做一种人，都做得十分像样。好比全能的优伶：起青衣像个青衣，起老生像个老生，起大面又像个大面……都是"认真"的缘故。①

林清玄②的《红心番薯》围绕红心番薯以及自己与父亲，大致写了十一个主要的生活片段。

---

① 史芊芊主编：《读者最喜爱的经典散文》，百花洲文艺出版社2013年版，第47页。
② 林清玄（1953—2019），中国台湾高雄人，毕业于台湾世界新闻专科学校。曾任台湾《中国时报》海外版记者、《工商时报》经济记者、《时报杂志》主编等职。1937年开始散文创作，自1979年起连续七次获台湾中国时报文学奖、优秀散文奖和报道文学优秀奖、台湾报纸副刊专栏金鼎奖等。出版有散文集《温一壶月光下酒》《紫色菩提》《红尘菩提》《平常茶非常道》《清欢玄想》《心有欢喜过生活》等。

片段一：父亲从乡村到城里来看望林清玄，带来了红心番薯，还希望能在他的庭院里种一些。岂料，林清玄早已从郊外的平房搬到了城里的大厦。父亲喃喃说道："你住在这种上不着天下不着地的所在，我带来的番薯要种在哪里？要种在哪里？"

片段二：林清玄站在家前的番薯田里，父亲像儿童一般天真欢愉地对儿子说："你看，恐怕没有人番薯种得比我好了。"然后他小心翼翼地把番薯埋入土中。

片段三：林清玄想起小时候与外省小孩子吵架，他们骂林清玄是番薯，林清玄回骂他们是老芋。

林清玄回家询问父亲，他打开一张老旧的地图，指着台湾的那一部分说："台湾的样子真是像极了红心的番薯，你们是这番薯的子弟呀！"林清玄便指着大陆，说这形状像大的芋头，所以外省人是芋头的子弟。父亲地图上标出东北会落雪的故乡，说那里也遍地生长着红心番薯。

片段四：小时候，林清玄抱怨吃腻了番薯，父亲就激动地说起他少年时为了躲避战火，在防空洞里一边啃番薯，一边听飞机和炮弹在四处交响。那是"天大的幸福了"。

片段五：父亲说起战前由于番薯吃多了，容易放屁，因此，进了日本学校的教室后不时会传来屁声。有一回全班被日本老师罚跪在窗前，即使跪着，屁声仍然不断。

片段六：父亲到南洋打了几年仗，时常思念红心番薯。战后返回家乡，父亲第一件事便是在家前家后种满了番薯。每年父亲从南洋归来的纪念日，夜里的一餐家里通常不吃饭，只吃红心番薯。

片段七：有一次，林清玄在无人岛上，看到岛上别无其他农作物，只有遍地生长的番薯与野草争夺着生存空间。

片段八：林清玄居住的地方有一位卖番薯的老人，他坚称台湾的红心番薯无论如何也比不上他家乡的红瓢番薯，理由是："台湾多雨水，番薯哪有俺家乡的甜？俺家乡的番薯真是甜得像蜜！"

片段九：林清玄想送一些红心番薯给卖番薯的老人，没想到他改行卖牛肉面了。原来，生活条件好了，没人愿意买番薯吃了。

片段十：林清玄把父亲给的红心番薯任意种在花盆中，放在阳台的花架上，一年后，每一丛红心番薯的小叶下都长出了根的触须。

片段十一：林清玄十岁那年，父亲带他到城市参加堂哥隆重的婚礼，行经一片堆满了砖块和沙石工地，父亲一眼就辨认出几片番薯叶子。父亲告诉林清玄："你看看这番薯，根上只要有土，它就可以长出来。"

以上十一个生活片段，犹如"意识流"电影：忽而城市、忽而田间、忽而现实、忽而过往，但是都离不开红心番薯；又犹如一部历史剧：台湾日据时期、光复时期、经济起飞时期，林清玄娓娓道来，也处处有与红心番薯有关的故事；更犹如一部异乡人的漂泊史："番薯"和"老芋"的互骂、番薯在城市的无处安身、父亲的战争创伤、卖番薯老人的自豪和改行。这些生活片段的"播放"，"形散神不散"，每一个片段都蕴含着一种情感合力，让人感受到红心番薯顽强的生命力和它象征的浓浓乡愁。

席慕蓉[①]的《燕子》记叙了发生在几十年间的三个生活片段，体现出作者对生活的长期的仔细观察和积累。

片段一：席慕蓉上初中的时候，学会了那一首《送别》的歌，常常爱唱："长亭外，古道边，芳草碧连天……"结果父亲问她："怎么是长亭外，怎么不是长城外呢？我一直以为是长城外啊！"

片段二：席慕蓉结婚后，怀孕期间在乡间散步时看到一只孤单的小鸟，立在田边的电线杆上。她以为那就是燕子："可不是吗？

[①] 席慕蓉（1943— ），蒙古族，幼年在四川、南京度过，1949年迁居香港，1954年迁至台湾。出版有多本诗集、散文集，有《成长的痕迹》《有一首歌》《画出心中的彩红》《写给幸福》等。

这不就是燕子吗?这不就是我从来没有见过的燕子吗?这不就是书里说的,外婆歌里唱的那一只燕子吗?"

片段三:席慕蓉受邀到国家公园去写生,在一本报道垦丁附近天然资源的书里看到了燕子。"图片上的它有着一样的黑色羽毛,一样的剪状的双尾,然而,在图片下的注释和说明里,却写着它的名字是'乌秋'。"

当席慕蓉把这三件事放在一起后,产生了这样的感悟:上面三个不同时期的生活片段是由"自己的错误"勾连起来的。第一个片段是父亲把"长亭外"误以为"长城外",流露的其实是一种乡愁;第二个片段,席慕蓉把一只孤单的小鸟认作燕子,由此想起外婆唱的"燕子歌",流露的是对童年的流连;第三个片段,席慕蓉多年之后偶尔发现那只被认作燕子的小鸟,其实真正的名字叫"乌秋",她发现了"自己的错误"。有时候,这样的错误也是美丽的,也是值得记录的,因为它可以给人们带去"深沉的安慰"。

二、聚焦核心事件

不同的生活片段在散文中是有主次关系的,事关全局,令人印象最为深刻、故事最为感人的可以算作核心事件。聚焦核心事件,并把它写好,文章就成功了一半。

许地山[①]的《落花生》篇幅不长,只有短短的500多字,主要记录了作者姐弟几个在"收获节"上品尝了自己种的落花生,还从与父亲的对话中获得了感悟。文章虽短,意味却很是深长。

这篇散文的核心事件主要通过人物的对话来展现。父亲通过

---

① 许地山(1893—1941),原名赞堃,字地山,笔名落华生。原籍广东揭阳,生于台湾。毕业于燕京大学,后在美、英等国留学。曾任教于燕京大学和香港大学,是"文学研究会"的发起人之一,为现代著名作家,有《空山灵雨》《缀网劳蛛》《危巢坠简》等小说、散文集行世,译著有《二十夜问》《太阳底下降》《孟加拉民间故事》等。

问孩子们爱不爱吃花生引出主要问题——"谁能把花生的好处说出来?"孩子们说了很多花生的好处,父亲总结:"花生最可贵之处在于它虽然不好看,可是很有用。"许地山领悟到:"人要做有用的人,不要做只讲体面,而对人没有好处的人。"父亲肯定了他的看法:"对。这是我对你们的希望。"

鲁迅的《风筝》由北京冬季天空中飘动的几只风筝引入核心事件:小弟十多岁时,最喜欢风筝,而作为哥哥的鲁迅又不许他放,有一次作者在堆放杂物的小屋里"破获"了小弟偷偷自制的风筝,鲁迅"即刻伸手抓断了胡蝶的一支翅骨,又将风轮掷在地下,踏扁了"。这只是这个核心事件的前半部分,后半部分是鲁迅人到中年后,明白了"游戏是儿童最正当的行为"。为了弥补过错,他准备去讨小弟的宽恕,希望听到小弟的谅解——"我可是毫不怪你啊",然而小弟却像在听别人的故事,"有过这样的事吗?"

这个时空跨度颇大的核心事件承载了《风筝》的象征意味:风筝象征着儿童的天性,当年踩烂风筝的行为是对儿童"精神的虐杀",而多年后,人到中年的小弟的遗忘,却是天性早已被摧毁的明证。

巴金《鸟的天堂》的核心事件是作者与友人探访"鸟的天堂",第一次是晚饭后去的,大榕树作为"鸟的天堂",却不见一只鸟,第二天早晨他们又经过那棵大榕树,这次"到处都是鸟声,到处都是鸟影。大的,小的,花的,黑的,有的站在树枝上叫,有的飞起来,有的在扑翅膀"。巴金真正见识了"鸟的天堂"。

冯骥才[①]《珍珠鸟》的核心事件是他与一只刚出生的珍珠鸟的

[①] 冯骥才,浙江宁波人,1942年生于天津,作家、画家。他的作品题材广泛、形式多样,代表作有《花脸》《雕花烟斗》《高女人和她的矮丈夫》《神鞭》《三寸金莲》《珍珠鸟》《一百个人的十年》《俗世奇人》《激流中》《漩涡里》等。

雏儿"交往"的过程。起先，小鸟只在笼子四周活动，只要大鸟召唤，它立即飞回鸟笼。渐渐地，它胆子大了，有时落在冯骥才的书桌上。它先是离他较远，见他不去伤害它，便一点点挨近，后来会蹦到作者的杯子上，在他低下头来喝茶时，还跑到稿纸上，绕着笔尖蹦来蹦去。与冯骥才熟悉后，它要大鸟再三呼唤才肯回笼。有一天，小鸟竟停在冯骥才的肩头，不一会儿睡着了。冯骥才的笔触聚焦他与小鸟的交往这一核心事件，得出"信赖，往往创造出美好的境界"的感慨。

冯牧[①]《澜沧江边的蝴蝶会》的核心事件是西双版纳的一次"蝴蝶会"。为了描述这次"蝴蝶会"，冯牧在文章前面用了大量的笔墨进行铺垫，还分别引述了明清两代名人徐霞客和张泓对当地"蝴蝶会"的记载。"蝴蝶会"就是在作者沿着澜沧江的远足旅行过程中发生的，在归途时，他发现多了"新的旅伴——成群的蝴蝶"。本来冯牧早已"习惯于把成群的蝴蝶看作是西双版纳的美妙自然景色的一个不可缺少的组成部分了"，然而蝴蝶越聚越多，千百只蝴蝶拥塞了道路，他"不得不用树枝把它们赶开，才能继续前进"。冯牧在与蝴蝶群的缠斗中走了大约五里路之后，发现在一片茂密的坝树林边，聚集着数以万计的美丽的蝴蝶，让他"好像是进入了一个童话世界"，甚至"站在千万只翩然飞舞的蝴蝶当中，我们觉得自己好像是有些多余的了"。冯牧对"蝴蝶会"细腻、生动的叙述和描写，使文如其名，更能引领读者与作者共同感受祖国大地的丰富、美丽和奇妙。

---

① 冯牧(1919—1995)，原名冯先植，笔名若湘，北京人，作家、文学评论家，曾任中国作家协会副主席。著有评论集《繁花与草叶》《耕耘文集》，散文集《滇云览胜记》等，有《冯牧文集(1—9卷)》行世。

三、 注重细节挖掘

细节是文艺作品中描写人物性格、事件发展、社会环境和自然景物的最小组成单位。细节也是散文真实性的"试金石",真实的细节能产生感人的力量,而编造、平庸或矫情的细节则会令读者感到不适。所以,写好散文必须注重对细节的挖掘。

余光中①《失帽记》中对父亲的遗产——一顶帽子的外形、材质、来历、功能等各方面进行了详尽的描述:

那顶帽子呈扁楔形,前低后高,戴在头上,由后脑斜压在前额,有优雅的缓缓坡度,大致上可称贝雷软帽(beret),常覆在法国人头顶。至于毛色,则圆顶部分呈浅陶土色,看来温暖体贴。四周部分则前窄后宽,织成细密的十字花纹,为淡米黄色。戴在我的头上,倜傥有欧洲名士的超逸,不止一次赢得研究所女弟子的青睐。

但帽内的乾坤,只有我自知冷暖,天气越寒,尤其风大,帽内就越加温暖,仿佛父亲的手掌正护在我头上,掌心对着脑门。毕竟,同样的这一顶温暖曾经覆盖着父亲,如今移爱到我的头上,恩佑两代,不愧是父子相传的忠厚家臣。②

这样的描述与本文的主题有密切的作用。首先,父亲的帽子是本文的关键"道具",是"失帽记"之"帽",其在文中的作用不言而喻;其次,帽子是父亲的遗产,其物质价值和精神价值都蕴藏在帽

---

① 余光中(1928—2017),当代著名作家、诗人、学者、翻译家。他涉猎广泛,被誉为"艺术上的多妻主义者"。代表作有《白玉苦瓜》(诗集)、《记忆像铁轨一样长》(散文集)及《分水岭上:余光中评论文集》(评论集)等,其诗作有《乡愁》《乡愁四韵》等,散文有《听听那冷雨》《我的四个假想敌》等。
② 余光中:《余光中散文精选》,长江文艺出版社 2017 年版,第 30 页。

子之中,如此详尽的描写突出了帽子对作者的重要作用和作者对帽子的深厚情感。

冰心的《小橘灯》详细描述了那个八九岁的小姑娘用橘子、针线、小棍和蜡头制作小橘灯的过程:

> 炉火的微光渐渐地暗了下去,外面变黑了。我站起来要走,她拉住我,一面极其敏捷地拿过穿着麻线的大针,把那小橘碗四周相对地穿起来,像一个小筐似的。用一根小竹棍挑着,又从窗台上拿了一段短短的蜡头,放在里面点起来,递给我说:"天黑了,路滑,这盏小橘灯照你上山吧!"①

小橘灯的制作和交递实在是生活中非常琐碎的细节了。可是,在黑暗潮湿的山路上,作者从这盏小橘灯里,却挖掘出了这小姑娘的镇定、勇敢和乐观的精神,进而仿佛看到这盏小橘灯的光亮即将刺破漫无边际的黑暗!

冯亦代②的散文《向日葵》,讲述了因凡·高名画《向日葵》以高价在伦敦拍卖成交,作者有机会再一次看到原画的照片,并想起与该画相关的种种生活细节。其一是抗战胜利后,作者在上海花了四分之一的月薪买下了凡·高这幅《向日葵》的精致复制品。其二是作者读了欧文·斯通写的凡·高传记后,了解了凡·高画中的一半欢欣和一半寂寞,其中饱含凡·高对生活的渴望。其三是解放后,"一切都沉浸在节日的欢乐之中",凡·高画中的那一片金

---

① 冰心:《冰心散文精选》,长江文艺出版社 2017 年版,第 146 页。
② 冯亦代(1913—2005),浙江杭州市人,文学翻译家、作家。著有文集《书人书事》《潮起潮落》《龙套集》《水滴石穿》《听风楼书话》《西书拾锦》《归隐书林》《撷英集》《漫步纽约》《冯亦代散文选集》和《冯亦代文集》(五卷)等。

黄,渐渐淡去,被遗忘了。其四是在"文革"中,冯亦代有一天推着粪车,看到农民家有几朵嫩黄的向日葵,突然想起了上海寓所那面墨绿色墙上挂着的凡·高的《向日葵》。他同时回忆起那时"家庭的欢欣",以后每天拾粪,他都会舍近求远地到这里来兜个圈,看一眼那几朵向日葵,重温一些旧时的欢乐。

以上四个关于"向日葵"的几个细节和它们之间的对比,让读者们感受到冯亦代与凡·高一样,虽历经人生跌宕却难以泯灭"对生活的热爱"。

刘白羽①的《日出》开宗明义地表示,登山看日出对自己而言是很有吸引力的一件事。因此,他在文中对比了三次看日出的情形。前两次都因故没有看成。第一次是在印度最南端的科摩林角,那里是观看日出的胜地,然而,第二天早上"一层灰蒙蒙的云雾却遮住了东方"。第二次是登黄山,遭遇和前一次相仿——"只听了一夜风声雨声,至于日出当然没有看成。"只有第三次,在从国外飞回祖国的飞机上,他终于看到了日出,而且是"一次最雄伟、最瑰丽的日出景象"。接下来,刘白羽详细地描写了与日出邂逅的细节:

它晶光耀眼,火一般鲜红,火一般强烈,不知不觉,所有暗影立刻都被它照明了。一眨眼工夫,我看见飞机的翅膀红了,窗玻璃红了,机舱座里每一个酣睡者的面孔红了。这时一切一切都宁静极了,宁静极了。整个宇宙就像刚诞生过婴儿的母亲一样温柔、安静,充满清新、幸福之感。②

---

① 刘白羽(1916—2005),北京通州人,著名作家,代表作有《长江三日》《心灵的历程》《黄河之水天上来》《第二个太阳》《中国人民的胜利》等。
② 史芊芊主编:《读者最喜爱的经典散文》,百花洲文艺出版社2013年版,第136页。

作者通过对前两次看日出乘兴而来,扫兴而归的情形与第三次看日出的细节对比,衬托出第三次看日出时与众不同的角度以及作者严肃的思考和深刻的体会——"我们是早上六点钟的太阳。"

孙犁[1]的《老家》是由很多碎片化的细节构成的。细节中有他思乡的旧诗,有接二连三的思乡梦,有"文革"后两次回家的不同情形,还有朋友从老屋拍回的照片和带回的村支书的话:"看来,他对这几间破房,还是有感情的。"通过这些细节,作者表达了自己的浓浓的乡愁和对老屋依依不舍的情感。

四、简洁明了表达

散文忌啰嗦、重复、含混不清,应追求简洁明了的文字表达,力争体现"大道至简"的审美追求。

叶圣陶[2]的《牵牛花》,通过写种植牵牛花的过程,实际上赞叹了"无时不回旋向上"的"嫩头"的"生之力"。文章不长,不超过900字,因而文字的表达非常简洁,言简意赅。在文章的开头便可见一斑:

手种牵牛花,接连有三四年了。水门汀地没法下种,种在十来个瓦盆里。泥是今年又明年反复着用的,无从取得新的来加入,曾与铁路轨道旁种地的那个北方人商量,愿出钱向他买一点用,他不肯。

---

[1] 孙犁(1913—2002),原名孙树勋,河北人,现当代著名小说家、散文家,"荷花淀派"创始人,著有小说《风云初记》《铁木前传》等,有《晚华集》《秀露集》《澹定集》等十余种散文集传世。

[2] 叶圣陶(1894—1988),原名叶绍钧,江苏苏州人,中国现代著名作家、编辑家、教育家。1914年开始文学创作,1921年与沈雁冰、郑振铎等发起组织文学研究会,曾担任《小说月报》《文学旬刊》《中学生》主编。

第三章 真 事

从城隍庙的花店里买了一包过磷酸骨粉,掺和在每一盆泥里,这算代替了新泥。①

从上文可以看出,作者的文字虽不复杂,信息量却不少。第一句话说明自己亲手种牵牛花已经有三四年时间了,有一定种牵牛花的经验,也有一定的偏好,为下文的展开叙述开了个头。接下来,他说明自己家住的是城市里的水门汀地,无法下种,只好把牵牛花种在十来个瓦盆里,本来准备每年弄点新的泥土,可是即使想花钱买都买不到,于是,他只好从花店里买过磷酸骨粉,算是新泥的替代品。文中平实的文字其实是在传达一种信息——牵牛花在城里的生长条件是艰难的,这为后面叶圣陶赞叹牵牛花的"无时不回旋向上"的"生之力"作了很好的铺垫,提供了有力的证据。

郁达夫②《故都的秋》的语言表达是高度简洁凝练的。该文表达的是作者对故都的情感,这份情感寄托在故都的秋季。

秋天,无论在什么地方的秋天,总是好的;可是啊,北国的秋,却特别地来得清,来得静,来得悲凉。我的不远千里,要从杭州赶上青岛,更要从青岛赶上北平来的理由,也不过想饱尝一尝这一"秋",这故都的秋味。③

文章的第一句"秋天,无论在什么地方的秋天,总是好的"简洁

---

① 史芊芊主编:《读者最喜爱的经典散文》,百花洲文艺出版社2013年版,第31页。
② 郁达夫(1895—1945),现代作家,原名郁文,浙江富阳人。新文学团体"创造社"的发起人之一,新文学最早的白话短篇小说集《沉沦》出版后,以其"惊人的取材、大胆的描写"震动了文坛。郁达夫陆续自编《达夫全集》出版,其后还有《履痕处处》《达夫日记》《闲书》等,著有短篇小说《沉沦》《春风沉醉的晚上》《迟桂花》,中篇小说《她是一个弱女子》《出奔》等。
③ 史芊芊主编:《读者最喜爱的经典散文》,百花洲文艺出版社2013年版,第33页。

地表达了作者的广博见识,也为下文的比较进行了铺垫。随后又以一句"北国的秋,却特别地来得清,来得静,来得悲凉"直接切入文章的正题,以"清""静"和"悲凉"来概括北国之秋的韵味。郁达夫克服艰难,不远千里来到北平的过程,用"从杭州赶上青岛,更要从青岛赶上北平来"一笔就交代了,这一句不仅起到简洁交代的作用,更体现了故都的秋对作者的吸引力。

接下来,郁达夫用"陶然亭的芦花,钓鱼台的柳影,西山的虫唱,玉泉的夜月,潭柘寺的钟声"这一组意象展现故都的秋在自己记忆中的印象。而后,又用更加细致的文字描写了"泡茶赏秋晨""秋槐的落蕊""秋蝉的啼唱""秋雨的息列索落"和"秋果的奇景"。

文章的最后,郁达夫想起了南方,也就是作者故乡的秋景——"廿四桥的明月,钱塘江的秋潮,普陀山的凉雾,荔枝湾的残荷。"这组意象与前面北国之秋的那组意象形成了对比,"正像是黄酒之与白干,稀饭之与馍馍,鲈鱼之与大蟹,黄犬之与骆驼"。恰到好处的意象提炼和恰如其分的比喻、对比等修辞手法的运用,使本文简洁而又清晰,凝练而又细腻。

老舍是公认的语言大师,但他的语言风格并没有以大师自居的任何卖弄之处,反倒是朴实无华、高度凝练的。老舍的《我的母亲》充分反映了他在简洁表达上的深厚功力。该文仅从记叙母亲历历往事的时间上来讲,几乎涵盖母亲的一生,如果充分展开来写,恐怕是可以写一部母亲的传记的。然而,老舍以简练的笔法,用 3 000 多字写了一部关于母亲的"简史"。让我们来看一下老舍是如何用简练的笔法写"母亲的出身""母亲和孩子们""母亲独自支撑家庭""母亲待人接物""考师范学校""拒婚""得知母亲去世"这些纷繁复杂的家事的。

写"母亲的出身"时,老舍用了一连串的"关键词",把母亲娘家

第三章 真　　事

世代务农、贫穷困苦的家庭出身交代得清清楚楚——母亲的娘家在"北平德胜门外"大路旁的一个"小村里",因为家境贫穷,家里"养不起牛马","妇女便也须下地作活"。这个姓马的家族没有"过去的光荣",更没听说过"家谱"。

接下来,老舍写"母亲和孩子们"——母亲年少时出嫁,早早地生下大姐,因为"我的大姐现在已是六十多岁的老太婆,而我的大外甥女还长我一岁啊"。生活的不易、命运的多舛使老舍的三个哥哥、四个姐姐中"只有大姐,二姐,三姐,三哥与我"得以长大成人。母亲四十一岁时生下老舍,那时"大姐二姐已都出了阁",而且嫁给了"相当体面的人"。

可是,老舍的出生给家庭带来了"不幸":先是"母亲晕过去半夜",再是刚降生的老舍也险些冻死。祸不单行的是,老舍一岁半时,父亲死了,老舍用了一个"克"字,反映了当时的社会风俗,也表达了他痛苦中仍充满幽默自嘲的乐观精神。

接着,作者用了文章一半的篇幅来写"母亲独自支撑家庭",成为文章的核心内容。在这个部分的开头,他写道:"兄不到十岁,三姐十二、三岁,我才一岁半,全仗母亲独力抚养了。"而且,"父亲的寡姐跟我们一块儿住,她吸鸦片,她喜摸纸牌,她的脾气极坏"。交代了母亲独自一人养活全家的重任和与"姑母"相处的不易。"为我们的衣食,母亲要给人家洗衣服,缝补或裁缝衣裳。在我的记忆中,她的手终年是鲜红微肿的。"在和哥哥姐姐的相处中,"我学得了爱花,爱清洁,守秩序"。

生活如此困窘,但是"母亲待人接物"却给老舍留下了深刻印象——"有客人来,无论手中怎么窘,母亲也要设法弄一点东西去款待。"这培养了老舍好客的习性。对于姑母的闹脾气,母亲总是忍气吞声——"给亲友邻居帮忙,她总跑在前面。"母亲热情好客、逆来顺受,但是,"母亲并不软弱"。"皇上跑了,丈夫死了,鬼子来了,满城是血光火焰,可是母亲不怕,她要在刺刀下,饥荒中,保护着儿女。"这句话虽短,信息量却不小,把一个在乱世中顽强生存的母亲形象刻画了出来。

"考师范学校"是老舍生命中的重要转折点。在当时,"制服,饭食,书籍,宿处,都由学校供给"已经是一个天大的福利。然而,为了筹集十元入学保证金,却花费了母亲半个月的时间,"而后含泪把我送出门去"。时隔不久,家中又有了变故——"不久,姑母死了。三姐已出嫁,哥哥不在家,我又住学校,家中只剩母亲自己。"老舍用29个字举重若轻地交代了家中的一连串变故。当写到除夕夜他回家探望母亲,离开时,母亲递给自己一些花生,说了本文中唯一一句简单而又令人五味杂陈的"台词"——"去吧,小子!"

关于"拒婚"以及母亲的含泪同意,老舍也只是用了30个字便道尽了母亲对自己的迁就和爱——"我廿三岁,母亲要我结了婚,我不要。我请来三姐给我说情,老母含泪点了头。"

文章的最后,老舍用"时代使我成为逆子"总结了乱世中求生存、求真理、求民族解放的自己"忠孝难以两全"的无奈和悲伤。这段还讲述了"母亲去世"——"我接到家信。我不敢拆读。就寝前,我拆开信,母亲已去世一年了!"

文末,老舍用普通人的话语表达了生活在那个动荡时代的千千万万个普通儿子对母亲去世的无限哀伤:

生命是母亲给我的。我之能长大成人,是母亲的血汗灌养的。我之能成为一个不十分坏的人,是母亲感化的。我的性格,习惯,是母亲传给的。她一世未曾享过一天福,临死还吃的是粗粮。唉!还说什么呢?心痛!心痛![1]

学习老舍先生的《我的母亲》,可以让我们深刻地体会到他简

---

[1] 老舍:《老舍散文精选》,长江文艺出版社2017年版,第153页。

洁、明了、生动、传神的语言风格,而且,也能体会到好的文章不意味着要用更多的词汇来进行描写,恰恰相反,要用更精练的语言传神地讲述出来。

杨绛①的《老王》记叙了一个穷苦、卑微但心地善良、老实厚道的三轮车夫老王,表达了作者一家对老王的关心、同情和尊重。杨绛的行文同样也是极其简洁、传神的。

文章开头的第一句话"我常坐老王的三轮。他蹬,我坐,一路上我们说着闲话"就交代了老王的职业以及"我"与他的主雇关系。而他们的主雇关系与一般的还是有所不同的,因为雇佣者与被雇佣者的关系是平等的,"常坐"和"他蹬,我坐"表达的正是这种平等,"一路上我们说着闲话"则彰显出两人间的和谐自然。

关于老王的身世,作者引用了他的几句话来描述,即北京解放后,蹬三轮的都组织起来,老王因为"脑袋慢",就"进不去了",因此,他感叹自己"人老了,没用了"。

作者描述老王的外貌时也是简洁明了的——"老王只有一只眼,另一只是'田螺眼',瞎的。"

作者对老王"家"的了解源自一次发现——"有一天傍晚,我们夫妇散步,经过一个荒僻的小胡同,看见一个破破落落的大院,里面有几间塌败的小屋;老王正蹬着他那辆三轮进大院去。"

作者用"送冰"一事说明老王的老实,因为"他从没看透我们是好欺负的主顾,他大概压根儿没想到这点"。

在送钱先生去医院看病时,老王起先坚决不肯收钱,后来作者

---

① 杨绛(1911—2016),江苏无锡人,著名学者、文学翻译家。早年曾就读于苏州东吴大学、清华大学研究院、英国牛津大学、法国巴黎大学。主要译著有《小癞子》《堂吉诃德》等,文学作品主要有长篇小说《洗澡》、散文集《干校六记》、回忆录《钱锺书与〈围城〉》等。她93岁出版散文随笔《我们仨》,96岁出版哲理散文集《走到人生边上》,102岁出版250万字的《杨绛文集》(共8卷)。

一定要给——"他哑着嗓子悄悄问我：'你还有钱吗？'"得到肯定答复后他才收下了钱，"还不大放心"。

老王生病后，抱病给杨绛家送香油和鸡蛋的片段，也是写得简洁而传神。作者这样写老王的外形——"他面如死灰，两只眼上都结着一层翳，分不清哪一只瞎，哪一只不瞎。说得可笑些，他简直像棺材里倒出来的，就像我想象里的僵尸，骷髅上绷着一层枯黄的干皮，打上一棍就会散成一堆白骨。"

老王死后，杨绛"每想起老王，总觉得心上不安"，后来渐渐明白："那是一个幸运的人对一个不幸者的愧怍。"最后这句话字面上不复杂，却颇耐人寻味。写作《老王》一文时，杨绛已届耄耋，经历了各种灾祸和磨难，其实，作者从某种意义上也是"不幸者"。然而，比起老王来，作者却以幸运者自居，对于更为不幸的社会底层小人物老王寄予了无限同情和人文关怀。她言简意赅的反思使本文回味深长、含义隽永。

思考与练习

回忆生活中发生的令你印象深刻的事，并写成一篇 1 000—1 500 字的《记一件难忘的事》。

第四章 真　　情

在生活中，真情是最为可贵的情感，散文如果没有真情，哪怕辞藻再美丽、构思再精巧，也是没有温度的。饱蘸情感的笔墨和言不由衷的文字，是迥然不同的。前者如同罗中立的油画《父亲》，看似粗鄙丑陋，其实美到极致；后者如千篇一律的整容女神，看似完美无瑕，其实毫无个性。

一、 抒写人间真情

人世间真情最为可贵。一言以蔽之，这种真情，就是爱。

"爱"是散文写作的一个重要主题。对于正在学习写作散文的中学生和大学生而言，需要从各种电子屏幕的狂欢中抽离，去体验真实生活中被自己忽视的爱。其实这种被忽略的爱，才是真正铭刻在内心深处的永恒之爱。

下面重点分析四种不同的"爱"——亲情、师生情、友情、爱情。

1. 亲情

在人类所有情感中，亲情是最为浓烈的，尤以父母与子女之间的情感为甚。这一主题的散文名家作品有胡适的《我的母亲》、朱自清的《背影》、汪曾祺的《多年父子成兄弟》、老舍的《我的母亲》、碧野的《母亲》、季羡林的《怀念母亲》、北岛的《父亲》、史铁生的《秋天的怀念》等。

史铁生的《秋天的怀念》仅800多字，语言平实，事件平凡，并无奇巧构思和精心雕琢,却将母子深情写得感人至深。

文章从作者双腿瘫痪后脾气变得暴怒无常讲起。每次他大发脾气,捶打自己的双腿大喊"我可活什么劲儿!"时,母亲就会"扑过来抓住我的手",说:"咱娘儿俩在一块儿,好好儿活,好好儿活……"

当作者的心情稍好,答应母亲第二天去看菊花、吃仿膳,母亲便高兴地出去了,"就再也没回来"。母亲在去世前,昏迷之中还在念叨:"我那个有病的儿子和我那个还未成年的女儿……"一年后,妹妹推着作者去看菊花,作者又想起母亲的话"要好好儿活……"

母亲的这句"要好好儿活……"表现了母亲对作者的爱,也表现了作者对母亲深切的感念,是本文中最令人动容的话语。

贾平凹①的《祭父》是用一篇近 7 000 字的长文来祭奠自己的父亲的。该文既是一篇祭文,也是一篇传记,更是表达父子深情的泣血之作。

该文采用倒叙手法,开头先写了父亲的去世,而后展开回忆,记叙了父亲"算卦""为家人操劳""贾家兄弟情""卖猪记""带馍记""家族中的德望""与我的婚姻和创作""嗜酒""临终嘱托"等生前的几个生活片段,将浓烈的难以化开的父子深情浸润在字里行间。

贾平凹满含深情地描述了父亲去世时的场景:

父亲安睡在灵床上,双目紧闭,口里衔着一枚铜钱,他再也没有以往听见我的脚步便从内屋走出来喜欢地对母亲喊:"你平回来了!"也没有我递给他一支烟时,他总是摆摆手而拿起水烟锅的样

---

① 贾平凹,1952 年生于陕西省丹凤县棣花镇,当代著名作家,中国作家协会副主席,1975 年毕业于西北大学中文系,1974 年开始发表作品。著有《贾平凹文集》(共 26 卷),长篇小说代表作有《浮躁》《废都》《秦腔》《古炉》《带灯》《老生》等,中短篇小说代表作有《黑氏》《天狗》《五魁》《倒流河》等,散文代表作有《商州散记》《丑石》《定西笔记》等。

子,父亲永远不与儿子亲热了。①

在灵堂守夜的贾平凹,悲痛的心情久久无法平复:

透过灯光我呆呆地望着那一棵梨树,还是父亲亲手栽的,往年果实累累,今年竟独独一个梨子在树顶。②

作者在悲痛中展开回忆:父亲被确诊为癌症后,有一次让作者在算卦书上查一下"看我还能活多久",查完后,父亲又笑了:"这类书怎能当真?人生谁不是这样呢!"

父亲一生为家庭操劳,先是伺候母亲住院,接着为了小妹的工作托人求情,跑了整整两年有余。此时,他却患了癌症。"手术后身体一天天好起来",他的大女婿却意外离世。为了大女儿的生活和出路,"父亲又开始了比小妹当年就业更艰难的奔波",最后给大女儿落实了工作,给儿女办完事的一个月后,父亲却去世了。

父亲年幼时,因为得到三个哥哥的支持,得以读完中学,"成为贾家第一个有文化的人"。因此,父亲与几位哥哥亲密无间,在邻县的中学任教时,一直把三个侄子带在身边上学。"文革"期间,父亲被开除公职押送回家,家中生活极度拮据,父亲决定卖掉家里的猪,"但猪瘦不够标准,收购站拒绝收。听说二十里外的邻县一个镇上标准低;我们决定重新去交"。父亲带着贾平凹和弟弟起个大早,"特意给猪喂了最好的食料",父子仨却饿着肚子,父亲对贾平凹和弟弟说:"今日把猪交了,咱父子仨一定去饭馆美美吃一顿!"最后因为猪在排队等待的过程中又拉又尿,重量还是不符合收购标准,父子仨只好饿着肚子默默地把猪拉回了家。

---

① 贾平凹:《贾平凹散文精选》,长江文艺出版社 2017 年版,第 14 页。
② 同上书,第 15 页。

父亲的冤案昭雪后，又回到学校当老师，星期六的下午回家时，他总要自己饿着肚子把学校的午餐带给贾平凹和弟弟吃。贾平凹挣钱后，在父亲六十四岁的生日买了一盒寿糕，"他却直怨我太浪费了"。父亲病重后，贾平凹买了几盒蜂王浆，"叮咛他服完后继续买，钱我会寄给他的"。服完蜂王浆后，父亲去商店打探价钱，"一听说一盒八元多，他手里捏着钱却又回来了"。

　　父亲的严厉曾使作者产生惧怕心理，恋爱的时候，父亲"害怕女方的家庭成分影响了我，他骂我，打我，吼过我'滚'"。后来时代变了，父亲"又反过来说我眼光比他准，逢人夸说儿媳的好处"。

　　父亲爱喝酒，特别是为作者发表了文章而得意，别人来索酒，他极其慷慨，倾囊而出。"母亲曾经抱怨：家里的好吃好喝全让外人享用了！"作者也以拒绝喝酒作为对父亲的抗议。有一年，贾平凹因一批小说受到批评，尽管瞒着父亲，父亲还是得知了，专程到城里宽慰儿子并重新破戒，与儿子喝了一瓶酒。

　　贾平凹后来用稿费为父亲买了一瓶茅台酒，可是父亲得了胃癌，到死都没机会喝。"盛殓时，我流着泪把那瓶茅台放在棺内，让我的父亲在另一个世界上再喝吧。"

　　文章最后，作者记录了父亲的临终嘱托："你妈一辈子太苦，为了养活你们，舍不得吃，舍不得穿，到现在还是这样。我只说她要比我先走了，我会把她照看得好好的……往后就靠你们了。还有你两个妹妹……"这段话朴实无华，却是感人至深的，父亲一生为家操劳，临终还放心不下妻儿，可见父亲心中对家庭的无限关爱。文章中记录的每一段往事，无不满含一个儿子对父亲的深情。

　　《写给母亲》是贾平凹纪念母亲而作的。这篇一千多字的短文写于他母亲去世三周年之际，写法上也颇为不落俗套——"整整三年了，我给别人写过了十多篇文章，却始终没给我妈写过一个字，因为所有的母亲，儿女们都认为是伟大又善良，我不愿意重复这些词语。"

在文章中,作者对母亲音容笑貌的回忆与作者自己的想象交错出现,仿佛"平行蒙太奇"和"意识流"。

① 回忆+想象:母亲是在挂液体的时候去世的,而作者的意识却告诉他,母亲并没有死。这是一个儿子对母亲尚存于世的渴望与希冀,三年过去了,他还是不愿意接受母亲去世的事实。

② 回忆:当作者打喷嚏时,母亲生前总会说笑:"谁想哩,妈想哩!"

③ 想象:作者一个人静静待在家里写作时,"突然能听到我妈在叫我,叫得很真切,一听到叫声我便习惯地朝右边扭过头去。从前我妈坐在右边那个房间的床头上,我一伏案写作,她就不再走动,也不出声,却要一眼一眼看着我,看得时间久了,她要叫我一声,然后说:世上的字你能写完吗,出去转转么"。

④ 回忆+想象:母亲死后,作者将城里母亲住过的房间保持了原样,他对自己说:"我妈没有死,她是住回乡下老家了。"晚上热醒后又宽慰自己:"我妈在乡下的新住处里,应该是清凉的吧。"

⑤ 现实:三周年的祭祀仪式让作者清醒地回到了现实——"我在地上,她在地下,阴阳两隔,母子再也难以相见。"

贾平凹用时空交错、忽而回忆、忽而想象、忽而现实的叙事方式,将自己对母亲的思念和爱镌刻在了时光中。

2. 师生情

老师在每个人的成长中起着不可估量的作用,对学生的兴趣培养、人格塑造和学业发展有巨大的影响。师生情是值得人们记取和满怀感恩的。这一主题的名家作品有梁实秋的《我的一位国文老师》、韩少华的《灯光》、贾平凹的《先生费秉勋》和季羡林的《回忆陈寅恪先生》《我的老师们》等。

梁实秋的《我的一位国文老师》写了一位对他人生影响深远的

国文老师。梁实秋用写实的笔法,从学生视角刻画了一个其貌不扬、外表邋遢、性格暴躁却学识渊博、十分敬业的国文教师徐老师,写出了一种特殊的师生关系——读书时表面上与老师对立,毕业后对老师却愈加敬仰难忘。

在描写徐老师之凶、其貌不扬和外表邋遢时,作者是毫不客气、完全写实的。当然,徐老师的凶不是没有原因的。学生上课时,"一部分是从事午睡,微发鼾声",一部分看小说,另一部分在写家书,其余的"干脆瞪着大眼发呆"。大多数的国文先生"不过是奉行公事,乐得敷敷衍衍",而徐老师却非常认真,"老是绷着脸,老是开口就骂人"。

徐老师第一次认清作者,源于一次课上作者对他的顶撞,引得徐老师骂了整整一堂课,其中一句"你是什么东西?我一眼把你望到底!"让作者终身难忘。

以上内容都与普通写师生情的文章不同,几乎可以认为是作者对徐老师的"丑化"了。然而,接下来,作者笔锋一转,由"贬"入"褒",先抑后扬了。

被徐老师骂过之后,作者居然成为"一个受益最多的学生了",因为徐老师"给我批改作文特别详尽,批改之不足,还特别的当面加以解释"。

徐先生对教学是极其认真的,这首先体现在"自己选辑教材,有古文,有白话,油印分发给大家";其次体现在他朗读课文时,"念得有腔有调,有板有眼,有情感,有气势,有抑扬顿挫,我们听了之后,好像是已经理会到原文的意义的一半了"。徐先生最独到的地方是改作文。"他最擅长的是用大墨杠子大勾大抹,一行一行的抹,整页整页的勾;洋洋千余言的文章,经他勾抹之后,所余无几了。"作者仔细揣摩,发现"在这删削之间见出他的功夫",他教会了作者写文章时"不多说废话"。对于作者而言,受用不尽的是"徐先生教我许多作文的技巧"。

第四章 真　情

在一贬一褒之间,作者完成了对徐老师的追忆。虽然离开老师将近五十年都未曾联络,但是和同学们偶尔谈起他,他的音容再现,总使作者内心怀有"怅惘敬慕之意"。

韩少华①在《灯光》中通过一件学习中的小事,感怀小学老师给学生"启迪"和"振奋"的师恩,表达了对老师永生难忘的感激之情。

文章讲述了作者上小学时写了一篇作文,里面抄了冰心散文的好几个句子。作文本发下来,他居然得了个漂亮的好成绩。作者虽很得意,却又有点儿不安。当作者鼓足勇气向老师坦白自己的"剽窃",岂料老师却说:"学童习文,得人一字之教,必当终身奉为'一字师'。你仿了谁的文章,自己心里老老实实地认人家做老师,不就很好了吗?模仿无罪。学生效仿老师,谈何'剽窃'!"而且,老师发现作者并非生搬硬抄冰心的散文:"从你这篇文章看,你那几处抄引,也还上下可以贯串下来,不生硬;就足见你并不图省力硬搬的了。要知道,模仿既然无过错可言,那聪明些的模仿,难道不该略加奖励吗——我给你加的也只不过是单圈罢了……"在这件小事上,老师的宽容、理解和细致的教诲在作者的心灵深处留下了不可磨灭的印记。

贾平凹的《先生费秉勋》写的不是一般意义上的学校里的师生关系,而是踏入社会后给予他人生指引的"贵人",是一种校园之外的别样师生情。

作者是在二十出头时认识费秉勋先生的,当时费先生是陕西

---

① 韩少华(1933—2010),著名作家,20世纪60年代初发表成名作《序曲》,70年代后期以来的创作以散文为主,兼及报告文学和小说,曾获首届和第二届全国优秀报告文学奖以及散文、讽刺小品、儿童文学和小说等多项创作奖。作品有《韩少华散文选》《暖晴》《碧水悠悠》《遛弯儿》等。

省唯一一家杂志的编辑。见到费先生时,作者起先"不敢坐,紧张得手心出汗",后来,作者的作品经费先生之手,一篇篇地发表了。"就这样我们成了师生和同志。"尽管费先生后来从编辑变成教授,不变的是"我的任何文章他都读了",读后费先生总要直言不讳地表扬或批评。

文章的第一段勾勒出费先生表面的"冷漠"及他"书呆子""非常固执"的一面,而费先生实际上具有"独立思考""原则性"和"不附和性"的鲜明个性。作者对费先生的人格总结是"率直和善良"加"死板和吝啬",这"使他的人格有了诱人的魅力"。

费先生的丰富学问源自他的钻研。他避暑就是把自己关在书房写专著,他关于舞蹈、绘画和《易经》的专著、文章以及学琴、学电脑,都是这样完成的。

费先生退休后痴迷于书法实践,"日日临帖读碑,二三年光景笔力老辣,有自家面目"。作者在许多人的厅室里都见过费先生的书法作品,令他惊叹不已。

文章的最后,作者对这段"师生情"进行总结:费先生比作者大十多岁,作者在二十岁时称费先生为老师,应当终生都称他为老师。而且,这不仅是一般意义上的尊称,贾平凹将费先生在为人为文上视作自己的楷模。

王开林[①]的《马老师和兰老师》写了他与两位老师的师生情,这不仅是作者的个人情感,更是当年中学同班同学的集体回忆。马老师是教生物的,在解释牛虻这种生物的时候,为了缓解一个咬音不准的同学的尴尬,说了一句"牛虻与流氓也差不多,吸血为

[①] 王开林,1965年出生于长沙,1986年毕业于北京大学中文系。迄今已出版散文随笔集《站在山谷与你对话》《沧海明珠一捧泪》《大变局与狂书生》《新文化与真文人》《敢为天下先》《非常爱,非常痛》《非常人,非常事》等19部,发表长篇小说《文人秀》1部。

生",涉嫌亵渎革命文学著作,导致"马老师付出了高昂的代价,推迟了四年,他才吃到国家粮"。

后来,那个学生觉得对不起马老师,马老师却大度而幽默地说:"我天生是小脚,不怕穿小鞋。吃一只螃蟹,拐两个弯嘛,教书先生不犯这种祸从口出的禁忌,谁犯啊!"

年轻漂亮的兰老师教的是外语,她的课,同学们总是聚精会神,连最调皮捣蛋的张小虎也不例外。同学们见兰老师总闷闷不乐,想逗她开心,"还邀请她打排球,打羽毛球,她总是婉言拒绝"。不久,兰老师离婚了。"离婚后,兰老师原本苍白的脸色渐渐红润了,还主动邀我们打球,出去春游。大家本该觉得功德圆满,可是不少同学认为兰老师离婚是明显的败笔。"在这里,王开林通过孩子的视角来观察和讨论成年人的议题——"才结婚不到两年呢,到底是男的花心,还是女的花心?至少有一方红杏出墙了。"在那个时代,"离婚"显然有损老师的形象,在懵懂的年龄,尽管有风言风语,学生们还是坚定地站在兰老师这边。

班长认为"兰老师心地善良,不宜采用有罪推断"。张小虎也为兰老师说话:"我们原本只求兰老师快乐,现在心想事成了,你们又叽叽歪歪,真别扭!"十年后,兰老师当年离婚的事情,在张小虎心中却有着一本明细账:

> 兰老师离婚,是因为丈夫偷腥。开始时,她忍气吞声,从不对人说起。后来,他变本加厉,在家里动粗,她就提出离婚,协议不成,法院出面调解也无效。苦挨了两年,换了个女法官,她动了恻隐之心,这段痛苦的婚姻才宣告结束。①

王开林通过与张小虎的一问一答,巧妙地把马老师和兰老师

---

① 《今晚报》,2015年8月18日。

这两位看似没有关联的老师有机地联系了起来：

> 我问他，对"虻"有没有更简明的定义？他说："虻就是那种把自己的快乐建立在他人的痛苦之上的虫子。"
> 我们会心一笑。这样说来，兰老师的前夫就是一只虻。[①]

好一句"兰老师的前夫就是一只虻"。这句话把马老师教的"知识点"变成了一种价值标准，鞭挞了兰老师的前夫，也对兰老师不幸的婚姻表示同情和理解，肯定了她的人品。

3. 友情

友情是人与人在交往中建立起来的一种情谊，在诸多名家散文中，我们可以看到形态各异的友情，如朱自清的《白采》、巴金的《怀念曹禺》、丁玲的《风雨中忆萧红》、黄苗子的《不会老的小丁》、李泽厚的《悼朱光潜先生》和朱天心的《想我眷村的弟兄们》等。

朱自清的《白采》写了20世纪20年代英年早逝的诗人白采与自己的友情。这位诗人与朱自清的交往时间并不很长，交情也并非很深，却因"不打不相识"而让作者感觉到白采在自己的心里"是不死的"。

文章从诗人白采的死讯写起，朱自清对白采的死感到"太惨酷了些"，表达了惋惜之情。白采是一个不可捉摸的人，但朱自清认为他是一个有真心的好朋友。

朱自清与白采的初识是不太愉快的。先是白采在小说中讥讽朱自清，接着朱自清写长信辩解，然后杳无音信，后来总算收到一张明信片，上面写了几句"半冷半热的话"。

朱自清后经好友俞平伯屡屡推荐，读了白采的诗稿《羸疾者的爱》，同意了俞平伯的话——"他是一个有趣的人。"后来朱自清表

[①]《今晚报》，2015年8月18日。

第四章 真　情

示要给白采的诗写一篇评论。三年后,当朱自清写完文章,白采"却已经死了,看不见了!"对此,作者觉得对不起朋友,感到这是一种"过错"。

　　朱自清与白采是情深缘浅的,所谓情深,是朱自清通过诗文已经与白采有了神交,而缘浅,则是他们实则只见过一次面。朱自清和俞平伯曾经去白采的住所找他,可惜他因离婚搬走了,后来在火车站两人终于见到了一面。作者悲叹:"这是我们最初的一面,但谁知也就是最后的一面呢!"

　　白采死了,但是他的小说中讥讽朱自清的文字已经被删改了,这让朱自清更加感到惭愧。他们之间是一种外冷内热、充满遗憾的友情。

　　巴金的《怀念曹禺》是在曹禺去世后写的一篇回忆文章,这篇文章把两人60多年的友情浓缩于2500多个字里。全文把双方的友情分为三个阶段:青年时期"惺惺相惜"、中年时期"同甘共苦"、老年时期"同病相怜"。

　　曹禺逝世时,巴金正躺在病床上,对于老友的去世,他是万分悲痛的,但还是发电报劝慰曹禺的夫人和女儿——"请不要悲痛,家宝并没有去,他永远活在观众和读者的心中!"

　　青年时期"惺惺相惜":两人的友情起始于巴金阅读曹禺处女作《雷雨》手稿时的感动。"不错,我流过泪,但是落泪之后我感到一阵舒畅,而且我还感到一种渴望,一种力量在身内产生了,我想做一件事情,一件帮助人的事情,我想找个机会不自私地献出我的精力。《雷雨》是这样地感动过我。"抗战时期,巴金去江安探访曹禺,"我常常和家宝一起聊天,我们隔了一张写字台对面坐着,谈了许多事情,交出了彼此的心"。1942年,曹禺开始改编巴金的《家》,巴金在桂林读完曹禺的手稿,赞叹他的才华,当时就想写封信给他,可这封信一拖就是很多年,"直到1978年,我才把我心里想说的话告诉他"。

中年时期"同甘共苦":他们都曾经有值得怀念的日子。"我们两人一起游豫园,走累了便在湖心亭喝茶,到老饭店吃'糟钵头'";"我们在北京逛东风市场,买几根棒冰,边走边吃,随心所欲地闲聊"。他们也有类似的痛苦经历。"文革"中,他们都进了"牛棚","在难熬的痛苦的长夜,我也想念过家宝,不知他怎么挨过这段艰难的日子"。等到十二年后重逢,两个人的夫人都已去世了。

老年时期"同病相怜":"文革"后,两个人都离不开医院了,他们都在与疾病斗争。起初他们还有机会住在同一家医院,"每天一起在走廊上散步,在病房里倾谈往事"。后来,两人见面成了奢望。1993年的中秋之夜,巴金在杭州与在北京的曹禺通了电话,巴金说:"我们共有一个月亮。"曹禺说:"我们共吃一个月饼。"这是他们俩的最后一次对话。

曹禺去世了,巴金还活着。失去好友的巴金想起十多年前曹禺在一封信里的话:"我要死在你的前面,让痛苦留给你……"巴金的一句反问,写出了他俩不同一般的友情,充满了对好朋友的嗔怪:

他把痛苦留给了他的朋友,留给了所有爱他的人,带走了他心灵中的宝贝,他真能走得那样安详吗?①

李泽厚与朱光潜先生同为美学家,众所周知,他们两人是"论敌",但是很少有人知道两位先生曾一起喝酒,朱先生私下称赞过李先生的秘史。《悼朱光潜先生》写出了两位在学术观点上互不认可的美学家不为人知的情谊。

朱光潜是前辈,李泽厚是后辈,但是李泽厚这个后辈却有着初

---

① 巴金:《巴金散文精选》,长江文艺出版社2017年版,第216页。

生牛犊不怕虎的锐气。李泽厚将第一篇美学文章给朱光潜看后，朱光潜认为"这是批评他文章中最好的一篇"。朱光潜的豁达大度让当时二十多岁的李泽厚深受触动。

尽管学术观点不同，但是朱光潜的"学术风格与人品、人格以至人生态度"以及他的勤勤恳恳，都是令李泽厚非常敬佩而且想努力学习的。李泽厚在文章中用简笔勾勒出朱光潜的神韵：

> 朱先生那半弯的腰，盯着你看时那炯炯有神的大眼睛，带着安徽口音的沉重有力的声调，现在异常清楚地呈现在我的眼前。[1]

在"文革"中，李泽厚去看过朱光潜几次，两个人非常巧妙地避开见解不同的美学问题，而"只叙友情"。面对李泽厚流露出的愤懑之情，朱光潜总以"牢骚太盛防肠断"来安慰开导他。朱光潜和李泽厚都爱喝酒，有时是朱光潜用酒招待李泽厚，有时是李泽厚带了好酒去朱光潜那里聊天。

"文革"后，因为朱光潜忙于各种学术活动，而李泽厚也忙，就没有再去朱光潜那里。当听到朱光潜逝去的消息，李泽厚感到"一声惊雷"，而且后悔"这十年没能再去和朱先生喝酒聊天，那一定会痛快、高兴得多"。

文章最后，李泽厚用思想家的哲理赋予了他与朱光潜的友情一丝哲理：

> 但这已经没有办法了，生命只有一次，人生不能重复。只是记忆和感情将以更丰富的形态活在人的心底。而这也就是死亡所不能吞噬的人类的有活力的生命和生命的活力。[2]

---

[1] 史芊芊主编：《读者最喜爱的经典散文》，百花洲文艺出版社 2013 年版，第 188 页。
[2] 同上书，第 189 页。

4. 爱情

爱情是男女间的一种美好的情感,一直以来是文艺作品的重要题材和主题。

台湾作家三毛[①]的《梦里花落知多少》用 8 000 多个字,以她特有的细腻生动的、充满爱的语言,表达了对意外去世的丈夫荷西的刻骨铭心的爱。

《梦里花落知多少》的题目采用了 20 世纪 30 年代的知名同名歌曲,三毛在文末还引用了该歌曲的歌词,追忆了停留在时光中的爱和对丈夫无尽的缅怀。

全文记录了三毛与丈夫生前的多个生活片段,如"新年许愿""荷西的新工作""吵架""写遗嘱""借钱给朋友""结婚纪念礼物""三毛心绞痛""让荷西再娶"等,也记录了她与荷西的"死别"以及发生在"荷西墓前"的事。

应该说,三毛与荷西的爱情在 20 世纪七八十年代还是颇为惊世骇俗的。首先是两人文化背景差异巨大,三毛来自中国台湾,而荷西是西班牙人,他们有着巨大的东西方文化差异;其次是三毛和荷西的年龄差异,三毛比荷西大八岁,这在当时无论是东方人还是西方人的世俗观念里都是较难被接受的;最后,三毛在出版《撒哈拉的故事》后成为华人世界的知名畅销书作家,而荷西只是一个收入不太稳定的潜水员。然而,巨大的差异并没有给两人之间的爱情造成障碍和隔阂,反而使他们比一般人爱得更真、更深、更浓烈。

在回忆"新年许愿"时,三毛这样写道:

荷西将我抱在手臂里,说:"快许十二个愿望。心里跟着钟

[①] 三毛(1943—1991),曾用名陈懋平,后改名陈平,祖籍浙江定海,生于重庆,中国台湾著名女作家,作品风靡海峡两岸。主要作品有散文小品《撒哈拉的故事》《雨季不再来》《万水千山走遍》《稻草人手记》《温柔的夜》等。

声说。"

我仰望着天上,只是重复着十二句同样的话:"但愿人长久,但愿人长久,但愿人长久,但愿人长久——"①

当荷西得到一份新的工作,要去一座小岛履职时,三毛迫不及待地带上家里的所有物品,包括一辆汽车,不顾住旅馆的高昂成本,毅然去小岛与荷西会合。用三毛的话来讲,就是"收入的一大半付给了这份固执相守"。

当然,美好的相守只是爱情生活的一部分,除了"只是守着海,守着家,守着彼此。每听见荷西下工回来时那急促的脚步声上楼,我的心便是欢喜"之外,三毛也记载了两个人的"争吵"。有一回,两个人为了学英语的事吵了起来,三毛被荷西的一声怒喊"你这傻瓜女人!"激怒,"冲进浴室拿了剪刀便绞头发,边剪边哭,长发乱七八糟的掉了一地"。而荷西只是倚门冷笑:"你也不必这种样子,我走好了。"说着就开车离家出走了。

清晨五点多荷西回家给三毛修剪整理短发,三毛"反身抱住他大哭起来,两人缠了一身的碎发,就是不肯放手"。这之后,"两人却是再也不吵了"。

三毛的心脏不好,"以为先走的会是我,悄悄地去公证处写下了遗嘱。时间不多了,虽然白日里仍是一样笑嘻嘻地洗他的衣服,这份预感是不是也传染了荷西",荷西总要趁工作间隙找到三毛,"然后两人一路拉着手"。

荷西尽管收入不高,对朋友却很大方,有一次要三毛拿出家里存款的大半借给朋友,而三毛"当着朋友面前,绝对不给荷西难堪。掉头便去提钱,他说的数目一个折扣也不少,匆匆交给尚是湿湿的他,他一转手递给了朋友"。

---

① 史芊芊主编:《读者最喜爱的经典散文》,百花洲文艺出版社2013年版,第201页。

结婚纪念日那天,荷西用加班赚来的外快给三毛买了一件礼物,而且是结婚六年来的第一个礼物。荷西对三毛说:"以后的一分一秒你都不能忘掉我,让它来替你数。"

有一次,三毛的心痛病又犯了,她要求荷西在她死后一定要再娶:

> "荷西——"我说,"要是我死了,你一定答应我再娶,温柔些的女孩子好,听见没有——"
> "你神经!讲这些做什么——"
> "不神经,先跟你讲清楚,不再婚,我是灵魂永远都不能安息的。"
> "你最近不正常,不跟你讲话。要是你死了,我一把火把家烧掉,然后上船去漂到老死——"
> "放火也可以,只要你再娶——"
> 荷西瞪了我一眼,只见他快步走出去,头低低的,大门轻轻扣上了。①

荷西去世后,三毛的父母来接她回国,三毛这样写下内心的痛苦:

> 我趴在地上哭着开始挖土,让我再将十指挖出鲜血,将你挖出来,再抱你一次,抱到我们一起烂成白骨吧!
> 那时候,我被哭泣着上来的父母带走了。我不敢挣扎,只是全身发抖,泪如血涌。最后回首的那一眼,阳光下的十字架亮着新漆。你,没有一句告别的话留给我。②

---

① 史芊芊主编:《读者最喜爱的经典散文》,百花洲文艺出版社2013年版,第206页。
② 同上书,第207页。

第四章 真　情

　　五年后,三毛回到埋葬荷西的墓园:

　　我静坐了很久很久,一滴泪也流不出来。
　　再次给自己的脸拼命去浸冷水,这才拿了油漆罐子向坟地走过去。
　　阳光下,没有再对荷西说一句话,签字笔一次次填过刻着字的木槽缝里——荷西·马利安·葛罗。安息。你的妻子纪念你。
　　将那几句话涂得全新,等它们干透了,再用小刷子开始上亮光漆。
　　在那个炎热的午后,花丛里,一个着彩衣的女人,一遍又一遍地漆着十字架,漆着四周的木栅。没有泪,她只是在做一个妻子的事情——照顾丈夫。
　　不要去想五年后的情景,在我的心里,荷西,你永远是活着的,一遍又一遍地跑着在回家,跑回家来看望你的妻。
　　我靠在树下等油漆干透,然后再要涂一次,再等它干,再涂一次,涂出一个新的十字架,我们再一起掮它吧!
　　我渴了,倦了,也困了。荷西,那么让我靠在你身边。再没有眼泪,再没有恸哭,我只是要靠着你,一如过去的年年月月。
　　我慢慢地睡了过去,双手挂在你的脖子上。远方有什么人在轻轻地唱歌——
　　记得当时年纪小
　　你爱谈天
　　我爱笑
　　有一回并肩坐在桃树下
　　风在林梢鸟儿在叫
　　我们不知怎样睡着了
　　梦里花落知多少[①]

[①] 史芊芊主编:《读者最喜爱的经典散文》,百花洲文艺出版社2013年版,第209页。

张晓风①的《地毯的那一端》以书信体的形式，站在地毯的这一端，回首过往与爱人从少年到青年、从青涩到成熟、从友谊到爱情的点滴往事，充满了走向地毯那一端的兴奋、喜悦和期待。

张晓风在十七岁那年认识"德"，那时，她离开台湾南部的家，在台北读大学，生活是黯淡的、心情是沉重的、环境是寒冷的，这时，"德"出现了，"你那种毫无企冀的友谊四面环护着我，让我的心触及最温柔的阳光"。

有一年大考的时候，"德"跑来，热心地为张晓风讲解英文文法。房东送来一盘春卷，张晓风内心慌乱，"竟吃得洒了一裙子"。"德"瞅着她说："你真像我妹妹，她和你一样大。"

自此，两人的关系有些微妙的变化，"德"常常在楼下偷听张晓风弹琴。因为想家，那首《甜蜜的家庭》是张晓风常常弹奏的。

终于，"德"在寒假后，借着归还泰戈尔诗集的机会进行了第一次表白：

> 你指着其中一行请我看："如果你不能爱我，就请原谅我的痛苦吧！"我于是知道发生什么事了。我不希望这件事发生，我真的不希望。并非由于我厌恶你，而是因为我太珍重这份素净的友谊，反倒不希望有爱情去加深它的色彩。②

"德"的第一次表白以失败告终。但是"德"仍然固执地等待着。"德"靠着累积的小小的关怀去感动着作者——圣诞节把得来不易的几颗巧克力糖全部拿给张晓风；"德"注意到她爱吃笋豆里的笋子，耐心地为她挑出来；"德"会在张晓风需要温暖的时候把自

---

① 张晓风(1941—   )，生于浙江金华，成长于台湾，毕业于台湾东吴大学中文系，著名散文家，共有十余部散文集问世，主要作品有《白手帕》《红手帕》《春之怀古》《地毯的那一端》《愁乡石》《我喜欢》等。
② 张晓风：《散文精读·张晓风》，浙江人民出版社2018年版，第61—62页。

己的外衣披在她身上;"德"敦促张晓风读书,容忍她"偶发的气性",仔细纠正她的写作错误,教导她为人的道理。这些细节都让张晓风感觉到——"如果说,我像你的妹妹,那是因为你太像我大哥的缘故。"

张晓风和"德"的经济都不富裕,为了支持大学学业,他俩得到学校的工读金,要去打扫教室,而"德"总是为了让张晓风省点力,自己则格外卖力。他俩在"飞扬的尘影中完成了大学课程"。

后来,"德"去服兵役了,在那样忙碌的演习里,他仍努力地准备"考研"。张晓风心里明白这都是为了谁,她帮着"德"做搜集资料等工作。在两人的共同奋斗下,"德"收到了录取通知,两人因此"又可以见面了",不仅可以一起散步,还可以"蹲在旧书摊上享受一个闲散黄昏"。

最难忘的是那次泛舟的经历,小船突遇大风,在湖里直打转,"德"奋力摇橹,"累得一身都汗湿了"。这件小事,在作者的心底埋下了信任和爱的种子:

  那天我们的船顺利地拢了岸。德,我忘了告诉你,我愿意留在你的船上,我乐于把舵手的位置给你。没有人能给我像你给我的安全感。

  只是,人海茫茫,哪里是我们共济的小舟呢?这两年来,为着成家的计划,我们劳累到几乎虐待自己的地步。每次,你快乐的笑容总鼓励着我。

  那天晚上你送我回宿舍,当我们迈上那斜斜的山坡,你忽然驻足说:"我在地毯的那一端等你!我等着你,晓风,直到你对我完全满意。"[1]

作者被"德"的坚守所感动,其实,他们要建立的家,只是"一间

---

[1] 张晓风:《散文精读·张晓风》,浙江人民出版社2018年版,第65页。

小小的陋屋","朋友笑它小得像个巢",他们的交通工具,只是"一辆半旧的脚踏车",还是借来的,他们面对很多困难和琐碎的事,但是他们"已经十分满意了"。

对于爱情的描述,张晓风的文字是美丽的,但是最让读者动容的,不是对美丽心情的描写,而是对于美好未来的期许,以及愿意为美好未来继续奋斗的那份共同的坚持:

冬天就来了,我们的婚礼在即。我喜欢选择这季节,好和你厮守一个长长的严冬。我们屋角里不是放着一个小火炉吗?当寒流来时,我愿其中常闪耀着炭火的红光。我喜欢我们的日子从黯淡凛冽的季节开始,这样,明年的春花才对我们具有更美的意义。

我即将走入礼堂,德,当结婚进行曲奏响的时候,父亲将挽着我,送我走到坛前,我的步履将凌过如梦如幻的花香。那时,你将以怎样的微笑迎接我呢?

我们已有过长长的等待,现在只剩下最后的一段了。等待是美的,正如奋斗是美的一样。而今,铺满花瓣的红毯伸向两端,美丽的希冀盘旋而飞舞。我将去即你,和你同去采撷无穷的幸福。当金钟轻摇,蜡炬燃起,我乐于走过众人去立下永恒的誓愿。因为,哦,德,因为我知道,是谁,在地毯的那一端等我。[1]

二、寻找真情的载体

散文要写出真情,需要具体的载体来承载。在散文中,真情的载体主要是故事、片段和细节。

史铁生的《秋天的怀念》选择记录母亲要"我"出去看菊花的小事,来承载母亲对"我"的爱,和我对母亲的亏欠之情。

---

[1] 张晓风:《散文精读·张晓风》,浙江人民出版社2018年版,第67页。

第四章 真　　情

　　贾平凹的《祭父》回忆了父亲生前的多个生活片段,如"算卦""为家人操劳""贾家兄弟情""卖猪记"等来承载作者对父亲的浓烈情感。

　　贾平凹的《写给母亲》则通过母亲生前的多个细节来展现他对母亲无法割舍的感情。尤其是母亲去世后,城里的家保持了原模原样,作者这样安慰自己——"我妈没有死,她是住回乡下老家了。"在这里,母亲的音容笑貌承载了作者对母亲的思念之情。

　　当然,无论是对于散文大家还是初学者而言,最讨巧的办法就是抓住某个细节,以它来寄托和承载真情,这样在文章的结构和叙事上更容易把握,也容易给读者留下深刻的印象。

　　冰心的《小橘灯》通过讲述小橘灯的故事,用小橘灯这个道具承载了作者对光明的渴望和对小女孩的同情与祝愿。

　　许地山的《落花生》讲述了种落花生的故事,用落花生承载了生活的哲理和他对父母教育的感恩。

　　韩少华的《灯光》讲述了关于自己写作的一件往事,用老师窗前的灯光,表达了对老师的敬意和爱戴。灯光不仅承载了作者对老师的情感,更象征了老师照亮学生、燃烧自己的无私品德。

　　罗强烈的《祖母的两棵树》回忆了童年时自己因为父亲的早逝而和祖母在一起生活的艰苦,父子无意间种下的两棵树——一棵是父亲种的核桃树,一棵是作者种的杏树,承载了祖孙三代人生生不息的传承和永远生长的爱——"此时也许只有我知道,祖母最终是幸福的,因为在她的心中,生长着她的儿子和孙子栽下的两棵树。"

　　萧乾[①]的《枣核》讲述了住在海外的朋友请他从国内带枣核的故事,用几颗小小的枣核,承载了海外华人思念祖国、怀念故乡的

[①] 萧乾(1910—1999),原名萧秉乾,蒙古族,生于北京,中国现代著名作家、记者、文学翻译家。曾任职于《大公报》,是第二次世界大战时期欧洲战场的中国战地记者之一。出版有作品数十部,其中有著作《一个中国记者看二战》、译作《尤利西斯》等。

爱国之情。

　　文章开头,作者设置了一个悬念:动身访美之前,一位旅美的老同学写信来,再三托付自己为她带几颗生枣核,其用途让作者颇费思量。后来谜底揭开,在美国发展顺利、生活如意的同窗实则有着不解的乡愁:老同学是一位老北京人,因为思念家乡胡同里的那颗枣树,所以才托作者带几颗生枣核,准备在美国试种一下。

　　爱国和乡愁本存在于人们的深层次意识中,当它们被浓缩在几颗枣核上后,爱国和乡愁变得具体了,不再是抽象的概念,而变成一个实际的事物。枣核也不再是被丢弃的东西,它因为有了真情的附着而变得弥足珍贵。

三、 情到深处是高潮

　　最触动作者的往往是文章的高潮,这个高潮的审美特性大多以让人感动落泪为特点,俗称"泪点"。散文不要求具备起、承、转、合的完整故事结构,但是必须要有高潮。

　　《背影》中,当朱自清看着自己父亲蹒跚的背影,他感动得流下了眼泪。这是全文的高潮,也是全文的"泪点",这个父子深情的场面成为感动无数人的经典。

　　《假如给我三天光明》的作者海伦·凯勒[①]设想了自己假如拥

[①] 海伦·凯勒(1880—1968),美国著名的女作家、教育家、慈善家、社会活动家,出生19个月时因连日的高烧而成为盲聋哑残疾人。但是,在安妮·莎莉文老师的教育下,她学会了读书、写字,甚至学会了说话。20岁时,她以优异的成绩考取拉德克利夫女子学院,成为人类历史上第一位获得文学学士学位的盲聋哑人。她还通过自己的努力成了一位著名作家和社会活动家,致力于救助残疾人,建立了许多慈善机构,获得总统自由勋章,并入选美国《时代周刊》评选的"20世纪美国十大偶像"之一。海伦·凯勒一生共写了14部著作,《我的生活》是她的处女作,作品一经发表,即在美国引起了轰动,被称为"世界文学史上无与伦比的杰作",出版的版本超过百余种,在世界上产生了巨大影响。

第四章 真　情

有三天光明将会做些什么——第一天要看看自己的老师和朋友，第二天要去博物馆，第三天要看纽约。文章的高潮出现在这想象的三天光明即将结束之际，她这样写道：

  我暂时获得的光明到半夜就要结束了，到时我又将陷入无尽的黑夜之中。在短短的三天内，我是不可能看到我想看到的一切的。只有当黑暗再度降临到我身上之后，我才会懂得我看到了多少东西。不过，我的心里仍然充满光明的回忆，因此没有时间感到遗憾。此后我每触摸到一样东西，都会想起它的样子，从而唤起一段美妙的回忆。①

这段话让所有读者不自觉地"代入"一个盲人的世界，体验到一个盲人对于光明的渴望，哪怕这光明只有短短的三天！在感动之余，海伦·凯勒的建议对每一个拥有光明的人来讲都更具说服力：

  我要劝告愿意充分使用视力这种天赋的人要像明天你就会变成瞎子一样充分使用你的眼睛。同样的设想也可以用于其他的感官。要像明天你就会变成聋子一样，聆听话语中的音乐、鸟儿们的歌唱和交响乐队雄浑的乐章。要像明天你的触觉就会消失一样去抚摸你想抚摸的一切。要像你明天就会失去嗅觉和味觉一样去品味花朵的馨香和食物的美味。充分地使用你的感官吧！陶醉于大自然通过你天赋的不同知觉对你显示出的种种快感和美感中去吧。不过，在一切感官之中，我仍深信视觉是最令人快乐的。②

---

① 史芊芊主编：《读者最喜爱的经典散文》，百花洲文艺出版社2013年版，第266页。
② 同上。

四、字里行间透真情

散文是讲究真情实感，反对矫揉造作的。因此，真情最终是通过朴实、感性的文字将真实感人的事件、具体生动的片段、微妙细腻的细节和浓烈醇厚的情感表达出来的。

黄永玉的《乡梦不曾休》一文用朴实的文字记录了作者自己的一次回乡经历，文字虽然朴实，但是调动了听觉、视觉、嗅觉、触觉等多种感官，再加上作者心里怀念的人、物以及使人身临其境的想象场景，让五十多年的时空在瞬间形成"叠印"镜头：作者耳边响起的是自己为故乡小学写的歌"无论走到哪里，都把你想望"和一些温暖的声音；眼里看到的是故乡的河流、山冈上的森林、覆盖着羊齿植物的井水、透过嫩绿树叶的雾中阳光等；鼻子嗅到的是幼年熟悉的气息；心里怀念的是儿时的玩伴、唱过的歌、嫁去乡下的妹妹和家乡的长辈和老师们；双脚走的是五十年前上学的石板路；作者来到文昌阁小学，走进二年级的课堂，坐在五十多年前曾经坐过的座位上，身临其境，仿佛昨日重现：

"黄永玉，六乘六等于几？"
我慢慢站了起来。
课堂里空无一人。①

作者耳边回响起老师提问的"画外音"，他像当年一样起身准备作答，可是教室里空无一人——物是人非、沧海桑田之感便扑面而来。

冰心在《寄小读者·通讯十》里记录了一段她与母亲的对话，幼年冰心的问题是天真而朴素的："妈妈，你到底为什么爱我？"妈

---

① 黄永玉：《黄永玉自述》，大象出版社2004年版，第17页。

妈的回答是简明而毫不迟疑的:"不为什么,——只因你是我的女儿!"妈妈话中的情感是真挚的,作者的感受也是真切的:

  我不信世界上还有人能说这句话!"不为什么"这四个字,从她口里说出来,何等刚决,何等无回旋! 她爱我,不是因为我是"冰心",或是其他人世间的一切虚伪的称呼和名字! 她的爱是不附带任何条件的,唯一的理由,就是我是她的女儿。总之,她的爱,是摒除一切,拂拭一切,层层的麾开我前后左右所蒙罩的,使我成为"今我"的原素,而直接的来爱我的自身!①

  妈妈话中的道理是深刻的,揭示了世间一切母爱的真谛。

  梁文蔷②的《我的父亲梁实秋》通过父女之间的对话,写出了一个大文学家对女儿的舐犊之情,通篇很难找到一个"爱"字,但是浓浓的父女之爱却浸润在每个字、每个标点符号里。

  多少年来,作者始终忘不了那个场景:1982年夏天,父亲梁实秋到美国西雅图来探望自己。当时,梁文蔷正为博士论文的写作感到非常郁闷,在父亲面前表示"我发誓,写完这篇论文,一辈子再也不写文章了"。可是父亲希望她至少还要写一篇文章,而且题目已经给作者出好了:

  "什么题目?"我有些纳闷地问。
  "梁实秋。"父亲把目光从很远的地方移过来,直视着我,慢慢

---

① 冰心:《冰心散文精选》,长江文艺出版社2017年版,第45页。
② 梁文蔷(1933—),梁实秋、程季淑幼女。台湾大学农业化学系毕业,1958年赴美进修,获伊利诺伊大学食品营养学硕士,1982年获华盛顿大学高等教育博士。曾任华盛顿大学医学院心脏科技师、台湾师范大学营养学讲师、美国西雅图社区学院营养学教授。

地说出了这三个字。

我立刻明白了父亲的意思,我一时无法控制自己,失声痛哭起来,而父亲,也没有再说一个字,只是默默与我一起掉泪。我明白这是父亲对我的最后期待。他并没有告诉我为什么要我写,但我明白,他是希望我这个小女儿来写一个生活中真实的父亲,不是大翻译家,不是大学者,而就是一个普通的"爸爸"。①

梁文蔷用简短的一段父女对话,通过对父亲讲话时的神态、语气、内容等的还原,把父亲对女儿的期望和女儿对父亲教诲的领悟,写得情真意切。

思考与练习

1. 请以父母或老师的身份,写一篇关于"我"的 1 000—1 500 字的文章《我的儿子(女儿)×××》《我的学生×××》。

2. 阅读下文,并分析该文中作者对母亲的情感。

少 年 的 刀

马　骏

三十多年前,我还是个叛逆期的少年。

少年的我,就像一把生铁做的刀,刀口寒光凛凛、刀锋锋利无比;少年的刀,容易伤人,尤其是对母亲。

母亲性格直爽,从小一直对我要求严苛,而我也似乎继承了母亲的倔脾气。母亲文化修养不高,主要是因为家境贫寒,再加家里头重男轻女,尽管学习成绩优异,初中毕业后只是进了一家工厂的附属技校,之后就在这家工厂当了一名车床工人,一干就是三十

---

① 高长梅主编:《写人叙事散文选·中学卷》,花山文艺出版社 2013 年版,第 27 页。

第四章 真　　情

年。母亲的教育方式属于上海这座工业化城市硬朗粗线条的"工业风",她那直来直去、不留情面、缺少艺术的教育方式,在少年的我看来是简单粗暴的、难以顺服接受的。

那时,我们家住在一个5层楼的老公房里。一层有6户人家,每两户人家合用一个厕所。母亲叮嘱我,每次便后一定要冲水,而我在如厕小解后常常会忘记。

有一次,我在"小河淌水"一番后又忘了抽马桶,也不知道是邻居举报还是母亲自己发现的,她不依不饶地一定要我去抽水,不知出于什么心理,这原本只是举手之劳的小事让我十分抗拒,偏偏不愿意去,母子二人就在自家厨房间顶起了牛。老的在坚持她的正确指令,小的犟着捍卫着所谓的脸面,一时间小小的空间上演起了"顶牛大战"。相持不下中,我的手无意碰到了碗柜的抽屉,那是家里唯一放切菜刀的地方,愤愤然的我居然准备打开碗柜的抽屉,去拿——这时,我爸喝了一声"你要干什么?",我才如梦初醒般停了下来。

一晃三十多年过去了,当年的那一幕早已随时光远去,也从来未被任何人再次提起过。直到有一次与一位朋友的交谈,又让我想起了这件事。

这位朋友是一所著名大学的女教授,那天听她谈起育儿经,说到她从小对儿子严格要求,希望儿子站在自己的肩膀上,能更上一层楼,超越自己父母的成就。岂料严格的教育却起到了反作用,儿子在高中时开始叛逆。有一次儿子在饭桌上翻脸了,对母亲怒目而视。在形容当时儿子的眼神时,素来词汇量丰富且精准的女教授用了"目露凶光"这样的词,这让我想起前不久新闻中报道的"北大学生杀母案",替女教授感到一丝不寒而栗的后怕和难以言说的无奈。

女教授从本科到博士一路都在顶尖学府就学,后来又在顶尖学府任教,做事追求不同一般的优秀,对于儿子的教育,自然也是追求卓越。然而,在儿子的"目露凶光"中,她终于妥协了,从此不再过分严苛,最终孩子并没有考上合她心意的理想学校。这个故事给了我深深的震撼,我想,不管是精英分子,还是普通工人、农民,对于子女的爱和期望总是相似的吧。女教授儿子的反抗,让我想起了三十多年前我把手伸向菜刀的一幕。那么多年过去了,那么多生活的细节都忘记了,为什么唯独这个场面我会记忆这么深刻呢?而且一遍又一遍地在我眼前重现?

这些年来母亲不再"严苛"对我,是不是当年母子争执的一幕还在母亲记忆深处?是不是当年我的"目露凶光"和颤抖着探索菜刀的手,在母亲的心里留下了一道深深的"伤痕"?

这个看不见的伤口一定有一道极深极深的刀疤。假定当年没有父亲的一声当头断喝,假如少年手中拿起了刀,后果将会怎样?不可想象!不敢想象!无法想象!世上的阴差阳错往往只在一念之差。幸得老天有眼,没有让我铸成大错!

如今,母亲早已经是个古稀老人了。父亲走后,她一个人居住。曾经和母亲"话不投机三句半"的我常去看望她,虽然话依然不怎么投机,但已过知天命之年的我早已不再与母亲有任何大事小事的争执和拌嘴——她说什么就是什么,只要她高兴就好!每当聊到过去的事情,我也会小心翼翼地不去谈起这件往事。有时,看到母亲看我的眼神,总感觉有些复杂。这眼神里有爱——母亲当然是爱我的,我相信她对我的爱超过世界上的任何人——然而,她的眼神中总还有些别的东西,我似乎看到了她内心的那道伤痕。

少年的刀竟然可以伤人这么深?!

三十多年过去了,少年已经成了饱经沧桑的大叔,母亲也从青年妇女变成了不再硬朗锐利的老妪。在岁月的侵蚀下,那把少年的刀早已经锈迹斑斑。但愿母亲不再记得它锋利的刀口和凛冽的寒光;但愿她早已原谅了那个生猛的少年,少年留下的那道伤疤不再让她隐隐作痛。

也许,她早已把少年的刀,收进了记忆的柜子。

第五章 真　　线

其实，本章节的名称应该叫"文章的线索"，但是为了与其他章节保持形式和韵律上的一致，将"真"和"线"拉在了一起。不过，仔细想想也是讲得通的，文章的这根线索必须真实、扎实，这样才能切切实实地串联起像散落的珍珠一样的生活片段，而不致稍不留神就断了线、散了架。

此外，表面上，本章探讨的是文章的线索，其实也是在探讨文章的结构方式。

一、人物线

人物线，就是以人物为线，从生活中选取与该人物及"我"有关的片段，并把各个片段串联起来。这方面的例子有胡适的《我的母亲》《悼志摩》，鲁迅的《藤野先生》《范爱农》，老舍的《宗月大师》《我的母亲》，杨绛的《老王》，艾青的《忆白石老人》，宗璞的《哭小弟》，端木蕻良的《我们的老校长》，黄宗英的《想你，阿胡子》，冰心的《老舍和孩子们》，朱自清的《我所见的叶圣陶》，北岛的《话说周氏兄弟》《我的日本朋友》《钱阿姨》，陈丹青的《邱岳峰》《于是之》，季羡林的《我的老师们》《章用一家》等。

艾青的《忆白石老人》以齐白石与自己的交往为线索，记叙了两人的友情。人物线串起了作者与白石老人交往的多个片段——"初次拜访""美院停工资风波""白石画画爱创新""白石鉴画""白石自赏""误解外宾""白石与国家领导人的互动""白石的门生""白石不识柳亚子""白石对学生和朋友的怨怒""画青蛙绊腿""樱桃画""要作者写传""最后一次看望"等。最后,以白石老人的一句"我有一个朋友,名字叫艾青"作结,完成了一串完美的"珍珠项链"。

冰心的《老舍和孩子们》以老舍与孩子们为线索,把老舍这个"热爱生活、热爱孩子的人"展示给读者。文章中的片段无不围绕老舍和孩子们——"给孩子找小布狗熊""舒伯伯讲故事""和孩子们通信、寄书""舒伯伯见到长大的孩子们",把碎片化的记忆拼贴成完整的"老舍印象"。

北岛的《钱阿姨》以家中的保姆钱阿姨为主角,以自己和钱阿姨的生活为主线,串起了从20世纪50年代到80年代的三十多年的社会生活。北岛见证了"钱阿姨从风韵犹存的少妇,变成皱巴巴的老太婆",通过钱阿姨这个人,刻画了一个无助的小人物的形象,道出了人世沧桑。全文由"钱阿姨的前史""记账""代写家书""公共食堂""半罢工和忠字舞""结婚与离婚""做荷包蛋面""拍肖像照""买表""探望"等片段组成。最后,以满大街飘扬的扬州话和钱阿姨的一句"我需要的是钱",完成了全文的串联,也让读者与作者一样,被"赤裸裸的贫困的真理"震撼。

张中行《汪大娘》中的汪大娘是作者"城内故居主人李家帮佣,只管做饭"。作者选取了汪大娘从四十多岁到七十几岁的几个生活片段——"作为旗人成为佣人""主持一家食政""背病名""调查罪状""年高辞谢",用汪大娘"正直、质朴、宽厚,只顾别人、不顾自己"的品质串起了整篇文章。最后,作者提出了一个问题:"常说的所谓读书明理,它的可信程度究竟有多大呢?"这更是肯定了汪大娘正直、善良的品德,使全文的灵魂毕现。

二、事件线

有些文章是用一个主要的事件将全文串起来的,如汪曾祺的

第五章 真 线

《跑警报》,秦牧的《海滩拾贝》,余光中的《失帽记》,北岛的《养兔子》,杨绛的《古驿道上相聚》,肖复兴的《一场戏的工夫》《等那一束光》,冯骥才的《捅马蜂窝》,陈丹青的《我的第一次油画风景写生》《我的第一次油画肖像写生》《我的第一次人体素描写生》等。

汪曾祺的《跑警报》着重写了抗战时期在昆明为了躲避日军的轰炸,市民常做的一件事——"跑警报",将西南联大的一些人和事都串联了起来,包括西南联大口若悬河的历史系教授,研究印度哲学的、像爱护生命一样爱护"情书"的金先生,最善于跑警报的马同学、被航校淘汰的侯同学、在跑警报中谈恋爱的男女同学们,以及不跑警报的两位同学——一位洗头、一位煮莲子。它还串联起"古墓""古驿道""马尾松林""丁丁糖"及人们写下的对联。由跑警报串联起来的所有回忆,作者得出一个结论:

> 日本人派飞机来轰炸昆明,其实没有什么实际的军事意义,用意不过是吓唬吓唬昆明人,施加威胁,使人产生恐惧。他们不知道中国人的心理是有很大的弹性的,不那么容易被吓得魂不附体。我们这个民族,长期以来,生于忧患,已经很"皮实"了,对于任何猝然而来的灾难,都用一种"儒道互补"的精神对待之。这种"儒道互补"的真髓,即"不在乎"。这种"不在乎"精神,是永远征不服的。[1]

肖复兴的《一场戏的工夫》以作者去戏剧学院看戏作为全文的贯穿线索。27年前,肖复兴曾是戏剧学院的学生,后来又做了3年老师,对戏剧学院很熟悉。在看戏之前,他看到校园曾经的"爱情角"有一对情侣在旁若无人地接吻,作者由此感到时代的发展:当年他作为学生可不敢这么大胆,为此他为这对年轻人默默祝福。看完戏,他又在"爱情角"看到刚才的那对情侣,此时,他们却在争

---

[1] 方星霞编:《文学精读·汪曾祺》,浙江人民出版社2018年版,第161页。

吵和谩骂。可以听出来，他们是这个学院的学生。作者离开他们很远了，两人还在吵，他们张牙舞爪的样子被路灯的光投在地上，"像是皮影戏"。纵观全文，事件发生的时空、人物都比较集中，空间就是戏剧学院的"爱情角"，时间就是作者看戏前后"一场戏的工夫"，人物就是那对小情侣。一场戏的工夫，那对情侣的关系也发生了戏剧性的变化，由忘情的拥抱、"四瓣唇没有分开"变成"忘情的对骂"。这样强烈的反差使肖复兴意识到，这条曾经熟悉的胡同和胡同里的学院，"其实都早已变得我不大认识了"。而且，作者去看戏的这条主线与这场"皮影戏"构成了"戏中戏"，显出他在线索设计上的匠心。

冯骥才的《捅马蜂窝》以"捅马蜂窝"为主要线索，讲述了童年的一件往事，得到了一种人生感悟。"爷爷后窗的马蜂窝""捅马蜂窝""被马蜂蜇伤""壮烈牺牲的马蜂"和"马蜂窝重建"这几个片段，在主要事件的串联之下，表现了孩童时期的作者对自然的好奇和顽皮，自然界的反应给予了他深刻的教育："我不由得暗暗告诉自己，再不做一件伤害旁人的事。"

北岛的《养兔子》以养兔子的事件线串联全文，表现了孩子对动物的喜爱，也展现了艰苦年代的生活不易。文章先是顾左右而言他——养小鸡、养蚕、养金鱼，接下来进入正题——买灰兔、做兔舍、弄兔食、吃兔食、母兔生崽、表姐建议在学校养兔子、母兔再次生崽、父亲决定杀兔果腹、作者和弟弟坚决不吃。这些围绕着"养兔子"的回忆片段，让读者看到了即使在那样艰苦的年代，全家人依然顽强地生存着，面对饥饿，孩子们的心底依然保持着纯真的爱。

三、物件线

生活中的某个物件往往承载着许多回忆和情感。有些散文用一个物件作为贯穿全文的线索，具体、形象，切入角度小，常常能取

第五章 真　线

得较好的写作效果。

这样的文章有鲁迅的《风筝》、周作人的《故乡的野菜》、冰心的《小橘灯》、孙犁的《鞋的故事》、林清玄的《红心番薯》、肖复兴的《孤独的普希金》、冯骥才的《我与〈清明上河图〉的故事》、贾平凹的《丑石》、张晓风的《一碟辣酱》、王开林的《给女儿的奖品》等。

孙犁的《鞋的故事》以鞋为主要线索串联全文，作者穿过三种鞋："家做鞋""买的鞋""军鞋"。"家做鞋"最牵动作者的回忆。"家做鞋"有母亲做的、叔母做的、爱人做的，时间跨度从作者小时候、抗战到当下，空间则在农村和大城市间切换。本文所讲鞋的故事的主角是农村姑娘书绫，第一次见面时，她的贫苦和勤劳质朴的品质让作者心生恻隐，给了她一些钱让她买新婚礼物。为了回报作者，书绫为他做了一双便鞋，可惜做小了。过了两年，书绫结婚生子，在忙碌中又为作者做了第二双鞋，这次作者很满意，然而作者家中的保姆柳嫂却不甚满意：

现在又到了冬天，我的屋里又生起了炉子。柳嫂的母亲从老家来，带来了小书绫给我做的第二双鞋，穿着很松快，我很满意。柳嫂有些不满地说："这活儿做得太粗了，远不如上一次。"我想：小书绫上次给我做鞋，是感激之情。这次是情面之情。做了来就很不容易了。我默默地把鞋收好，放到柜子里，和第一双放在一起。

柳嫂又说："小书绫过日子心胜，她男人整天出去贩卖东西。听我母亲说，这双鞋还是她站在院子里，一边看着孩子，一针一线给你做成的哩。眼前，就是农村，也没有人再穿家做鞋了，材料、针线都不好找了。"

她说的都是真情。我们这一代人死了以后，这种鞋就不存在了，长期走过的那条饥饿贫穷、艰难险阻、山穷水尽的道路，也就消失了。农民的生活变得富裕起来，小书绫未来的日子，一定是甜蜜美满的。

  那里的大自然风光,女孩子们的纯朴美丽的素质,也许是永存的吧。①

  可以看出,作者用农村女孩书绫两次做鞋的故事,给读者讲述了岁月的变迁、人生的沧桑,也表达了希望"淳朴美丽"的品质永存人间的美好期待。

  冯骥才的《我与〈清明上河图〉的故事》以《清明上河图》为线索,讲述了一个单纯的年轻人和一个不单纯的美籍华人之间发生的故事。这篇散文的故事是连贯、曲折的,有着小说式的情节。冯骥才是个热爱绘画的年轻人,为了去北京故宫博物院观摩张择端的真迹《清明上河图》,历经了各种困难,还费尽心机开始临摹《清明上河图》。有一天,一个美籍华人看了冯骥才正在临摹的《清明上河图》,大加赞赏,并向作者求画。单纯的冯骥才因此把美籍华人引为艺术知音,自己买了材料花了一年三个月的时间完成了《清明上河图》临摹画。一些朋友看了这幅无比繁复的画作,让冯骥才不要给人,但是他为了信守诺言,尽管不舍,还是把画送给了那位美籍华人。七年之后,当作者去美国见美籍华人,想要顺便看一看自己的画,可是美籍华人以不便拍照为由,拒绝兑现当年的承诺——拍摄一套照片给作者留念。故事至此讲完,但是议论和思考随之而来。有人怪冯骥才笨,而他却并无悔意,围绕《清明上河图》展开的故事让他感悟道:"每受过一次骗,就会感受自己身上人性的美好与纯真。"

  肖复兴的《孤独的普希金》以上海岳阳路的普希金铜像为主要

---

① 孙犁:《荷花淀》,长江文艺出版社2015年版,第37—38页。

第五章 真　线

线索,对艺术、人生和社会进行了反思。普希金像是上海岳阳路上的一座铜像,肖复兴多次来上海,却一次也没来看过。有一次,肖复兴下榻处的窗外就能看到普希金铜像,当晚,作者前去拜谒,可是普希金铜像旁十分冷清,进出旁边舞厅的红男绿女们都没有人瞥它一眼。肖复兴想起莫斯科普希金广场的普希金铜像旁,任何时候都会有人前来凭吊,甚至有人会背诵他的诗句。第二天白天,肖复兴注意到,铜像旁除了几位老人在打拳,还有几个小孩在玩耍,根本没有人注意普希金铜像。普希金铜像孤独地站在阳光下。朋友告诉肖复兴,这座普希金铜像曾被毁过两次,这是第三座。有一位一辈子翻译普希金诗作的老翻译家,一直坚持住在普希金铜像旁。离开上海时,肖复兴又邀上朋友再一次来到普希金的铜像旁,他看到一个外乡人,以为遇到知音,其实他只是借坐在石凳上投入地用计算器在算账。肖复兴发现,普希金铜像的石座底部刻有的"普希金"字样中,偏偏"金"字被黄粉笔涂满。最后,"我们静静地坐在普希金的石凳上,什么话也说不出来。阳光和微风在无声流泻。我们望着普希金,普希金也望着我们"。

贾平凹的《丑石》以丑石为线索,作者先是常为家门前的那块丑石感到遗憾。奶奶总说要把它搬走,因为它不规则,无法垒山墙,又因为石质太细,也没法洗石磨,孩子们也嫌弃它。人们想要把它搬走,却因力气不足,只好作罢。丑石唯一的好处是上面有一个不大不小的坑凹儿,雨天就盛满了水,鸡可以去饮水。有一次贾平凹从丑石上摔了下来,还磕破了膝盖。"人都骂它是丑石,它真是丑得不能再丑的丑石了。"有一天,村里来了个天文学家,说丑石是一块陨石,不久便将它运走了,连奶奶都觉得惊奇。天文学家说:"丑到极处,便是美到极处。正因为它不是一般的顽石,当然不能去做墙,做台阶,不能去雕刻,捶布。"一块丑石,让贾平凹和奶奶都"脸红了",他还从中感到丑石"不屈于误解、寂寞的生存的伟大"。

四、时间线

散文记录的是时间中闪光的瞬间,因此,有不少散文以时间为线,把文章串联起来。

如巴金的《过年》、冰心的《我的童年》、老舍的《一天》、鲁迅的《秋夜》、北岛的《小学》、毕淑敏的《被老师读作文的时候》、周为龙的《母亲的除夕夜》等。

冰心的《我的童年》是作者在年届八旬之际写的一篇回忆文章。全文从作者七个月写到十一岁,贯穿了她整个童年。作者的回忆是琐碎的,但是在时间线的串联下,全文形散神不散。冰心七个月大时随作为海军将领的父亲从福州到了上海,父亲喜欢拍照,拍摄了冰心两三岁时和老祖父及老姨太的合影,留下了对时间的光影记录。在上海,父亲几个月回一次家,他一般不出门,时刻听候舰长的召唤。冰心三岁时,父亲去烟台创建海军军官学校,她也随父迁居烟台,在那里由一副对联开始识字。在接下来的几年里,冰心的两个弟弟相继出生,平时冰心在家塾学习,休息时父亲会教她打枪、骑马、划船,也会去参加军人聚会、去军舰上看望朋友。冰心最喜欢的小舅舅爱给孩子们讲鬼故事,也拉大人们组织诗会,她曾经偷看小舅舅"同盟会"的小册子。冰心十岁的时候,父亲因为涉嫌反清"乱党",被迫离开海军学校。几个月后,辛亥革命爆发,首先通电全国的是父亲的同学黎元洪,冰心为此捐款劳军,并把捐款的收条珍藏了许多年。这些碎片化的记忆并没有给人凌乱的印象,在时间的引领下,读者可以清晰地看到时代巨变下一个孩子心灵中的真实烙印。

老舍的《一天》以时间为线索,从早上八点写到第二天早上八点,记录了整整一天的琐碎生活。早上八点起床后,老舍正准备写

第五章 真　　线

文章,却收到好友王君的快信,他路过济南,约到车站相见。老舍仔细描述了自己去车站的过程中的遭遇——"找车""碰到小儿""因迟到未能见到朋友"。回到家,老舍又为了初次上房不敢下来的小猫"磨烦了一点来钟",接着二姐请他帮忙写信给一位远房亲戚,老舍就开始构思这封信,午饭后二姐打盹儿醒后想起正好会见到那位远房亲戚,又让他不用写信了。二姐走后,巡警又上门调查户口,而后老舍处理了几封信:看信、回信、寄信。晚饭后,老牛与新结婚的夫人来了,迟迟不走,为了逐客,老舍深夜陪他们到街上走走,结果受了风寒。第二天早晨八点醒来,老舍担忧报馆来催稿,岂料报社来人请他不用忙了,因为昨晚报馆被巡警查封了。

　　从老舍一天的"流水账"来看,以时间的流逝为线索,以写文章的任务为主要"悬念",其间受到各种主客观因素的干扰,琐碎细小、杂乱无章的事情把老舍的写作计划切割得支离破碎,还意外生了病。最幽默讽刺的是,最终,报馆被查封,文章也不用写了。这反转的结局让读者品味出本文不同一般的哲理意味。

　　周为龙的《母亲的除夕夜》用童年一个除夕夜的记忆串连了他关于贫寒童年的深刻回忆。有一年的除夕,为了给周为龙和姐姐做鞋,母亲忙完年饭后带他上街去做鞋。周为龙和母亲提着鞋底和鞋面子找到小街上的皮匠,一直等到傍晚,皮匠才开始给他们绱鞋子,直到天黑鞋子才绱好。回家路上,周为龙手里的鞋居然掉进了河里,母亲先是发怒,后又冷静下来,在河边用树枝把两只鞋子挑了上来。除夕的气氛是喜庆的,母亲让周为龙和姐姐先睡,自己却熬了整整一夜把作者的湿鞋子洗净、烘干。第二天早上,周为龙注意到,"千家万户的鞭炮已响了,母亲才开始梳头"。这篇文章的时间较为集中,基本在24小时之内,事件也比较单纯,主要是"做鞋""掉鞋""烘鞋",故事与伊朗电影《小鞋子》有相似之处,承载了母亲对子女的爱,以及子女在母亲的身教之下得到的"勤俭持家"

"善待子女""维护尊严"等品质。

毕淑敏的《被老师读作文的时候》以她小时候"被老师读作文"作为线索,串起了一段少年往事——本来被老师读作文的时候,毕淑敏心里的感觉是甜的,可是当同学们的怪声怪气和故意疏远随之而来时,"咸味和涩味就涌上心头"了。这样,每两周一次的作文讲评反而成了她的一次精神炼狱。于是毕淑敏故意不把作文写得太好,这样就可以和同学们一起玩了。被老师觉察后,在老师苦口婆心的劝导下,她又开始认真写作文了,"可同学们敌视的恶性循环又开始了"。她发现同学们并不是不喜欢她的作文,"只是不喜欢老师反反复复只提一个名字:毕淑敏"。于是她请求老师在念作文的时候不要念自己的名字,并且说服了老师。这个建议取得了非常好的效果,同学们发言比平时热烈,下课后,她也可以和大伙一起跳皮筋了。因为毕淑敏"太珍视同小朋友们无忧无虑跳皮筋的机会了"。当然,这也养成了她日后"勤奋不已而又淡泊名利的性格"。

五、 空间线

生活的事件总是在一定场景下发生的,这构成散文的叙事空间。有些散文就以特定空间作为文章的贯穿线索,这样的例子有鲁迅的《从百草园到三味书屋》,余秋雨的《老屋窗口》《酒公墓》《风雨天一阁》,梁实秋的《雅舍》,史铁生的《我与地坛》《故乡的胡同》《有关庙的回忆》,北岛的《我的北京》,陈丹青的《大上海》,黄永玉的《太阳下的风景》,谢大光的《陕西南路》,汪曾祺的《泡茶馆》,吴伯萧的《菜园小记》,朱自清、俞平伯的两篇同题散文《桨声灯影里的秦淮河》,宗璞的《废墟的召唤》,茹志娟的《故乡情》和肖复兴的《面包房》。

余秋雨的《老屋窗口》以老屋窗口为"取景框",作者仿佛看到

第五章 真　线

了少年时期的岁月，串联起自己美好的记忆和令人遗憾的现实：为了告别即将卖掉的老屋，作者决定在老屋住几天，与它告个别。老屋的窗口是作者最初打量世界的眼睛，特别是窗外的山脊。作者第二天早上醒来，外面下了一夜的雪，他的思绪仿佛回到了童年，依稀看到雪岭上艰难攀登的小红点——他的小学同学，大他十岁的女孩子河英。那个红点是老师让她戴的红头巾，便于观察和帮助她，作者的母亲则利用这个红点催促作者起床。河英到了乡下女子出嫁的年龄，却逃婚了，学校里几位来自外乡的美丽的女老师去河英家，居然说服了她的父母把河英交给老师们，继续上学。最后，包括河英"婆家"人在内的乡亲们点上火把，接成长龙送女教师们过山。然而，好景不长，因为河英已经长成大姑娘，穿着运动服参加学校运动会时在乡亲中引发了议论。大人们不许孩子与河英一起玩，村里的老人希望学校让河英退学，只有余秋雨的母亲邀请河英来家里玩，最后还把她送到村口。这以后，河英、余秋雨的邻座陈米根放学后一起到余秋雨家做作业，坐在老屋窗前，由余秋雨的母亲亲自辅导。作者的回忆从老屋窗口拉回到现实，远处的雪岭再无红点，他见到了曾经的邻座陈米根。他告诉余秋雨，河英干了一辈子粗活，生了一大堆孩子，成了老太婆。而陈米根正是要买余秋雨老屋的买主，原来他当年来做作业的时候已经看上了这房子。文章的最后，依然是在老屋窗口，余秋雨凝视着雪岭，那个消失的红点突然变得遥远，那么抽象，又震撼人心。

余秋雨的《酒公墓》以"酒公张先生之墓"为线索，记载了20世纪初的一位知识分子酒公张先生一生多舛的命运，折射出社会的沧桑变迁。酒公张先生的老家叫状元坟，他的祖先是宋朝的状元，但是到张先生祖父的一代，全村已找不到一个识字的人。张先生的父亲读书刻苦，闯荡上海后生意发达，他的独生子张先生读完了中学，又到美国留学，学习逻辑学。20世纪20年代末，张先生学成回国，在上海一家师范学校任教，教的不是逻辑学，而是英语。后来，人们得知他是状元的后代，纷纷请他书写扇面，于是张先生改穿长衫，改教国文。1930年，张先生回状元坟安葬去世的父亲，当地青帮头目陈矮子借机把他掳到帮会做师爷，张先生逃过四次，都被抓回，最后一次被打成残疾，被逐出了帮会。张先生从此躲在上海家里做寓公，渐渐坐吃山空。1949年，陈矮子被镇压，张先生回到家乡，乡政府要求他"先把陈矮子帮会的案子弄弄清楚"。

1957年，他酒后写错标语，莫名其妙成了"右派"，导致才结婚一个月的农村寡妇离他而去。四年后，他"右派"的帽子摘了，又去县立中学担任英语代课教师。开始一切还算顺利，后来，他围绕着常用词"love"，讲解这个词最普通的含义，即爱情。这导致学生们的哄笑，也导致张先生辞职。回到家，张先生唯一可做的事情就是写墓碑。他总在喝了两斤黄酒之后执笔，后来竟然成为评酒专家，被称为"酒公"，他也乐意。一家作坊甚至把他评价最高的那种酒定名为酒公酒，方圆数十里都有名气。张先生在偶然中看到一个当年学生的文章《笑的忏悔》，这名学生对自己当年嘲笑张先生的行为感到深深的惭愧。两天后，张先生要求去乡村小学讲课，不要报酬。三个月后，一次台风把校舍吹塌，他不幸瘫痪，手也不能写字了。张先生躺在床上见到余秋雨，要求墓碑上不写自己全名，而只写"酒公张先生之墓"，因为他深感自己一生愧对祖宗和师友。"酒公张先生之墓"七个字竖立在状元坟，包围在张先生书写的墓碑之中，与他的状元祖先、父亲的坟并列，形成了一个小小的景观。

肖复兴的《面包房》以一个小小的面包房串联起自己和孩子与一个售货员的情缘，面包房见证了孩子的成长和售货员青春的流逝。孩子上小学前，肖复兴常常会带孩子晚上七点以后去长安街

第五章 真　　线

上的这家面包房买五折的面包和蛋糕。每次去,总能碰到同一个售货员——一个圆脸的姑娘。去的次数多了,父子俩便与姑娘熟悉了起来,常常会听她的建议,尝到新鲜的面包种类。面包房就这样陪伴孩子度过了童年。在孩子小学三年级的暑假,他们好几次都没见到圆脸姑娘,孩子担心她下岗了,后来得知她是在家休产假,孩子才放心。一转眼,孩子上了大学,而面包房也搬了一次家,父子俩就很少去了。有一天,作者去面包房,见到了已经是中年妇女的圆脸姑娘,她还记得他们俩。上大学后,孩子专门陪肖复兴去面包房,见到售货员,叫了声阿姨。后来,孩子大学毕业去了美国,作者不再去面包房了,七年后,因为要给老伴买生日蛋糕,才又去了那家面包房,不过没有见到那个圆脸的售货员。原来她退休了,有个二十来岁的姑娘也在买生日蛋糕,根据她和售货员们的对话,肖复兴判断,她就是那个圆脸售货员的女儿,于是他请她带去他们对她妈妈的生日祝福。

　　周为龙的《乡村豆腐坊》以家乡村东头的豆腐坊为线索,串起了作者对初中乡村生活的回忆。豆腐坊的主人叫米三爹,过年时他最忙,因为村里家家户户都要做板豆腐。米三爹做事讲究,把吊浆布和大围裙都洗得干干净净,而且要先做个"开坊豆腐"——开坊那天,米三爹先放一挂小鞭炮,图个吉庆,表示开张。那年,周为龙随母亲到豆腐坊做豆腐,见证了米三爹做豆腐的一丝不苟,他还和他们母子愉快地拉家常。豆腐做好了,六十多岁的米三爹赶着夜路帮母子把豆腐挑回家,一路上还哼着自编的豆腐小调。几十年过去了,乡村的豆腐坊生意还是红红火火的。米三爹的手艺已经传给了孙子,家里还添置了电动磨浆机和客货两用车。乡村豆腐坊不仅为本文提供了一个画面感很强的叙事空间,也让周为龙的回忆在米三爹的豆腐和熟悉的豆腐小调中充满了生活气息和浓浓的人情味。

六、话题线

有些散文因某个话题而引发作者的创作灵感,并以该话题为线索来串联全文各个生活片段的情感抒发,这类散文有贾平凹的《秦腔》《关于父子》《关于女人》,李娟的《关于爱情》和毕淑敏的《读书使人优美》等。

贾平凹的《秦腔》是以陕西的戏剧秦腔作为贯穿全文的话题,探讨了秦腔与八百里秦川上的劳动农民的关系。作者开篇抛出自己的观察和比较——秦腔如秦人,死不挪窝;然而,秦腔几百年来没有被淘汰,秦腔与秦地、秦人有着"惟妙惟肖的一统"。在当地,唱秦腔是做人最体面的事,但凡是个人才,一定登台唱过秦腔。对于劳作的农民而言,秦腔与"西凤"白酒、长线辣子、大叶卷烟、牛肉泡馍一样是生命的五大要素。贾平凹在西府走动了两年,村村有戏班。每到农闲,戏班就开始排演,戏必是上演的,戏台是全村人省吃俭用,用上好的材料,请高强的工匠修建的,戏锣一开,各类小吃排开,世界仿佛天翻地覆了;秦腔的艺术享受与拥挤同在,老者蹲在墙根,幼者攀在枝头,还有人趴在麦秸垛上;演员登场,会受村人评论,也会有人提亲说媒,也会有场下的少男少女暗送秋波;村庄里最高级的招待,是陪看一场秦腔;秦腔迎接新生儿,也为死者送葬,"似乎这人生的世界,就是秦腔的舞台";最后,作者问道:"秦人自古是大苦大乐之民众,他们的家乡交响乐除了大喊大叫的秦腔还能有别的吗?"贾平凹通过对秦腔的描写,让读者看到的并非一篇属于中国戏剧史范畴的学术论文,而是渗透进每个"秦人"毛孔的文化基因。

李娟的《关于爱情》以自己的相亲和恋爱为线索,将自己从高中辍学到年过而立之时的爱情故事作了梳理。文章表面上谈的是爱情,其实让我们看到了爱情背后的社会政治经济学。全文语言幽默,充满自嘲——高中辍学后,所有亲戚便热心地给李娟介绍对象,贩猪、卖羊皮、收购旧家电的,还有眼瞎、腿瘸,已经四十五岁的做建材生意的老板等。

十八岁之后,李娟开始有追求者,其中,有贩卖假钞的河南小伙子,有贫困的货车司机,还有十六岁的工友……后来她总算爱上一个人,可是那个人与长途电话里的人判若两人,后来还有一次是网恋。二十九岁,李娟总算遇到了一场真正的恋爱,可惜也是无疾而终。最后她回到了新疆,村里的泥瓦匠托人来提亲,表示不嫌弃李娟的年龄比他大,还说:"女大三,抱金砖。"

毕淑敏的《读书使人优美》,谈的是年轻人非常关心的话题:"如何使自己变优美?"她给出的观点是"读书使人优美",并围绕这一话题展开论述。毕淑敏曾经做过医生,但是对于各种"刀兵相见的整容"和"涂脂抹粉的化妆"都感到"胆战心惊"。由此,她引出自己的观点:读书是最简单的美容之法,"物美价廉重复使用,且永不磨损"。

七、 感觉线

有很多的生活感受很难用理性的词汇来表达,加上散文作者往往具有非常细腻、敏锐的感觉,许多文章就由作者的感觉来串联,如林语堂的《秋天的况味》,张抗抗的《一个南方人眼中的哈尔滨》《音乐比生命更加悠长》,余光中的《记忆像铁轨一样长》《听听那冷雨》和林清玄的《阳光的味道》等。

林语堂的《秋天的况味》,以秋天的况味比喻人到中年的况味,来表达自己人到中年的感觉,全文中两者不时交错和对照。文章中,人到中年的作者独坐沙发抽烟,从室内的烟霞联想到秋天的意味,接着赞赏了秋的磅礴、成熟,特别是初秋的月圆蟹肥、桂花皎洁。继而又联想到一连串的意象:文人的练达、酒的醇佳、雪茄的味道和烧大烟的哗剥声、熏黑的陶锅炖猪肉的声音、用了二十年的字典、用了半世的书桌、街上一块熏黑了的老气横秋的招牌,以及书法大家苍劲雄浑的笔迹。最后,林语堂以美国舞蹈家关于秋天的佳句总结全文,赞赏了秋天如中年,有着"万倍的雄壮、惊奇、都丽"。

余光中的《记忆像铁轨一样长》用自己记忆中对于铁轨的感觉,串联起生命中的几个重要阶段,以自己流逝于铁轨上的生命过程和内心感觉,写出了一代中国人对时代的回忆和对家国的情怀。

余光中的中学时代正逢抗战时期,号称天府之国的四川,一寸铁轨也没有。他便幻想坐着月历上的火车在旷野奔驰。十岁那年,母亲带他从上海乘船到安南,然后乘火车北上昆明。他靠在窗口,"看了几百里的桃花映水"。抗战胜利后,余光中进了金陵大学,京沪路上铁轨无尽,"伸入江南温柔的水乡"。20世纪40年代末,他与母亲同行,坐着拥挤的火车来到上海。去台湾之后,火车坐得多了,他可以在车上大想心事,也可以在车上买便当充饥,停站时买一盒盒的零食。他最生动的回忆是关于阿里山和东海岸的。

后来余光中远去外国,火车不常坐了,而是改坐飞机。可是美国的火车老旧、误点、拥挤,他便下决心学开车,不坐老爷火车了。20世纪70年代,他去英国、瑞典、丹麦、西德时,特意坐火车领略壮观的景色,后来还乘坐了法国和日本的电气快车。在台北,余光中居住的小街二十年前是一条窄轨铁路,在香港,他住了十年的地方楼下是山,山下正是广九铁路的中途。身处电气化铁路时代,余光中深深怀念从前那一声汽笛长啸。

余光中的另一篇《听听那冷雨》,通过倾听"冷雨",用自己细腻的感受和清丽的文笔描述了自己在不同空间中听雨的感觉,进而串联了上下五千年的中华文化历史和自己数十年对于冷雨的感受和记忆，表达出他对大陆的思念和海峡两岸无法割断的文化血脉。

全文的时空转换十分自由，主要围绕"冷雨"引发的思绪——由惊蛰过后台北厦门街的冷雨，作者想到了整个中国的历史，想到了已经离别了二十五年的大陆，想到了杏花春雨江南。这是作者的少年时代。"雨"这个美丽的中文方块字是不老的，而且视觉上充满美感，清明的冷雨，不仅可以听听，还可以看看、嗅嗅、闻闻、舔舔。在不知不觉的听雨过程中，作者由少年而中年，由中年而白头。雨打在树上和瓦上的韵律，让余光中觉得它属于中国，无论是以前在大陆，还是二十多年前来到台湾。在台湾的旧式古屋里听雨，可以回忆江南、四川的雨。后来，台北的公寓时代来临，雨下在旧屋瓦上的交响乐成了绝响，只有撑一把伞走在雨中，才有古典的韵味。最后，明知道"前尘隔海"，眼看着"古屋不再"，余光中还心心念念，想"听听那冷雨"。

林清玄的《阳光的味道》将一种原本属于视觉感受的眼光诉诸嗅觉，并以这种感觉串联全文。本文记述的是作者与一位年轻农夫的故事。农夫住在南方一个充满阳光的小镇，林清玄去农夫家做客，在晒谷子时农夫让他深呼吸。林清玄深深地吸了一口气，缓缓吐出，并说闻到了稻子的香味，农夫却说那是阳光的香味。面对林清玄的不解，农夫把没晒到阳光的谷子让他嗅，还说当年就是因为念大学时第一次闻到阳光的味道，他才决定留在家乡。听了农夫的话，林清玄不由得一再地深呼吸，农夫却告诉他，阳光的味道不必深呼吸也可以闻到，只是人们的嗅觉在都市里退化了。

八、想象线

作家的创造性体现在是否有想象力，想象能赋予散文强烈的浪漫气质和人文气息。有些散文以作者的想象作为线索，比如海伦·凯勒的《假如给我三天光明》、张抗抗的《假如让我重新做一次女孩》、余秋雨的《一个王朝的背影》、冯骥才的《看望老柴》等，这样的作品虽然充满"假定性"，但是作者的感受却是建立在真实基础之上的。

余秋雨的《一个王朝的背影》是作者站在颐和园和承德避暑山庄这两座园林面前，以史实为依据，以自己的想象为线索，借文化的视角，探讨了一个王朝兴衰的深层次原因。标题中讲的"王朝"指中国最后一个封建王朝——清朝。这个由满人建立的王朝，在余秋雨心里的感觉是复杂的，他对这个王朝的认识，最初来自小时候的历史老师——它始于"扬州十日""嘉定三屠"，终于"火烧圆明园""戊戌变法"。虽然清朝曾经点燃汉人对满人的仇恨，可是，在余秋雨看来，清朝是中国历史上较好的朝代，康熙皇帝的功绩甚至可以比肩唐太宗，而唐太宗很有可能与康熙一样，都不是汉人。这样的例子还有成吉思汗，余秋雨还想到了《桃花扇》里李香君被明朝恶吏逼婚的故事，说明了明朝被清朝取代的必然性。作者进行这些想象的目的是为了站在一个更开阔的历史视角来鸟瞰一个王朝。

余秋雨在对历史的想象中，完成了自己的思考并发出感叹：

今天，我面对着避暑山庄的清澈湖水，不能不想起王国维先生的面容和身影。我轻轻地叹息一声，一个风云数百年的朝代，总是以一群强者英武的雄姿开头，而打下最后一个句点的，却常常是一些文质彬彬的凄怨灵魂。①

冯骥才在《看望老柴》中亲切地称柴可夫斯基为"老柴"，表面上记录的只是一次去彼得堡探访柴可夫斯基的故居的行程，但是出于对柴可夫斯基传奇一生的热爱，他是带着对老柴私密生活的

---

① 余秋雨：《余秋雨散文》，人民文学出版社 2005 年版，第 19 页。

深入了解来"看望老柴"的。显然,这是一种想象,他无法真正看望早已离世的老柴,但是作者运用这根想象出来的线索,串联了自己的这次行程,也串联了老柴悲剧意味浓郁的人生,使一位中国作家与一位俄罗斯音乐家建立了某种联系。

因为读过英国人写的《柴可夫斯基传》,冯骥才放弃了看望普希金的路线,而专程去彼得堡看望老柴。出于对老柴的了解,他去看望的,除了老柴的故居,还有老柴的灵魂。老柴个性孤僻,37岁之前一直未婚,而1877年,他同时碰到两个女人,一位狂恋着他,与他结婚后却很快离婚,另一位梅克夫人是他的崇拜者和资助人。然而,十四年后,梅克夫人对他的资助戛然而止,原因不明。在老柴的工作室和卧室,冯骥才看到了一百多年前老柴的生活境貌:黑色的"白伊克尔"牌钢琴、桌上的并不规整的文房器具、高顶的礼帽、白皮手套、旅行箱、外衣和很多烟斗,书柜里有许多格林卡和莫扎特的作品,书柜里有叔本华、斯宾诺莎的书籍和被老柴批注过的列夫·托尔斯泰、屠格涅夫和契诃夫等作家的作品。

冯骥才还看到老柴的床、睡鞋,听到餐桌上录音机播放着的一首写于1893年的钢琴曲。伴着音乐,冯骥才看着老柴亲手挂满四壁的照片——有演出的,有他的老师鲁宾斯基,也有他的家人——"这些照片构成了他最珍爱的生活。"在老柴的房子里,冯骥才不仅在想象中感受到老柴的呼吸,而且在想象中感受到老柴是"把个人的苦难变成世界的光明"。

思考与练习

1. 在阅读散文时,请留意文章中串联全文的线索。

2. 请找出自己使用最久的一件物品,并回忆自己与这件物品的几个生活片段,写成1500字左右的散文。

3. 请快速写下自己记忆最深刻的三件往事,并从中找到一条线索,把三件事串联在一篇1500字左右的散文中。

第六章 真　　意

　　写散文不仅在于真实记录自己的人生经历,也是与人分享对人生、社会和世界的看法的过程。因此,文章是需要有真意的——立意要新,并且要有深度和高度。

一、立意要新

　　一篇有新意的文章,能吸引读者的目光,能慰藉读者的心灵,也能给读者带来阅读的喜悦。

　　余光中的《我的四个假想敌》,文章的题目和立意非常有新意,一时让人难以联想到这竟是一篇描写父爱的文章。"假想敌"是作者对四个女儿的男友的比喻——他眼见女儿们渐渐长大,成了"少女"和"小妇人",不由得开始担心正准备向她们发起偷袭的"目光灼灼、心存不轨"的"少男"们。父亲对"假想敌"进行了种种想象、描述和议论。文章开头,余光中居住香港多年,看着最小的女儿也成为少女,担心广东"靓仔"将四个女儿通通"掳掠",想象自己用冻眠术把女儿冷藏,但是"假想敌"迟早会将她们吻醒,他终将面对"腹背受敌、难挽大势"的局面。作者自知"童话之门"已经关闭,自比果树,那些"坏男孩"则是摘果子的人。多年来,余光中与五个女人为伍,成了"女生宿舍舍监",自然不欢迎陌生的男客。他援引美国诗人的诗句,证明"诗人以未来的女婿为假想敌"早有先例。实际上,随着女儿们的长大,"滩头阵地"已经被一批假想敌占领。自

第六章 真　意

从余光中迁居香港之后，原来"进攻"台北余家的假想敌变成了说着一口粤语的少年。"敌人"的袭击从信箱、电话开始，后来得到女儿的接应，占领沙发的一角，进而留下来吃饭……余光中正在与友人讨论假想敌，长发乱乱的假想敌就上门了……作者立意的创新之处，在于他颠覆了以往传统父亲与女儿之间的纲常伦理关系，而把它定义为"情人"关系，既准确地表达了现代家庭中的父女关系，又对"情敌"的来袭进行了"人物设定"，道出了当代"翁婿关系"中复杂而微妙的心理特点。

陆文夫的《快乐的死亡》出于对作家生存方式的思考，别出心裁地探讨了作家的死亡方式。在陆文夫看来，自然的死属于一种没有特色的死亡形式，就不必议论了。痛苦的死亡指人还活着，作为作家来说却已死去，而快乐的死亡却是陆文夫最害怕的——不断地在大会上做报告，频频参加宴会，在众多座谈会上重复自己的观点，昨天在北京、今天又飞到了广州……唯一看不到的是自己的作品！——陆文夫对这"快乐的死亡"表达了自己的哀叹，并提醒作家之本是"作品"，不能舍本求末。

写"文革"中个人遭遇的文章很多，但像杜宣《狱中生态》这样具有独特视角和新颖立意的文章却不多见。他记述的是一段无妄的牢狱之灾，但没有控诉，不见血泪，更没有愤怒和咒骂。它以作者在监狱中同居一室的生物为视角，折射出作者对自然界生命的热爱和对自由的渴望。被投入秘密监狱的杜宣为了不被蚊虫叮咬，起初打死了监室里的四只蚊子，可是打死蚊子之后，他反而陷入深深的孤寂，因为在这监室里，除了自己，没有了第二个生命，也少了很多生机。"如果四只蚊虫还在的话，这室内多少还有些生机啊！"天气暖和后，监室里的一只红蜘蛛让作者不再孤独，屋子里仿佛重现生机。"有时，我被提审，一回到囚室中，第一件事，就是去看小蜘蛛,一看到它安然无恙,我就感到莫大慰藉。"透过监室的小窗,作者还可以看到电线上的两只小鸟,他十分喜爱这对小鸟,把他们当作亲人和战友,也忘记了身陷囹圄的处境,因为它们给作者带来了对自由、美好生活的向往。

黄山有名气的松树颇多,有望客松、黑虎松、连理松等,广为人知的还有迎客松。冯骥才的《黄山绝壁松》偏偏不写那些名松,而要写生在绝壁上的不知名的野松。"黄山绝壁松"与"黄山迎客松"虽然只有两字之差,立意、角度大相径庭,令读者感到新意盎然。

读书的意义有很多,比如增长知识、开阔视野、陶冶情操等可能是比较老生常谈的好处,而毕淑敏的《读书使人优美》另辟蹊径,选择了一个年轻人,特别是爱美人士比较感兴趣的话题,对读书的重要好处——"变得优美"进行了重点阐述,言之有理,声声入耳,鼓励了更多的年轻人爱上读书。

二、立意要深

散文的立意除了要有新意,还要有深意。所谓深意,就是透过现象看到事物的本质,要达到一般人看不到的深度。

刘贤冰的《城市是乡村的纪念碑》的深意是显而易见的,文章的标题犹如洪钟,震撼了每个乡村人和城市人的心灵,它让我们从对乡村风貌的熟视无睹和城市市容中找到了两者的必然联系。文章的标题是富含诗意和哲理的,而这个重要的发现来自刘贤冰回到农村老家后,对城市的重新审视——喧嚣和散漫、田野和高楼、牛羊和汽车、缓慢和动感、枯燥和鲜活,形成了强烈的对比。忽然有一天,他发现在公共汽车的站牌上,写满了村庄的名字:上钱村,下钱村,吴家湾,马家庄……他突然感到:"那块站牌,不就是消逝了的村庄的纪念碑吗?"此时,文章的立意,已经不是重新审视城市与农村的关系了,而是使作者在城市的街头巷陌顿悟了一部人类社会的城邦发展史。

董玉洁的《奶奶和1953年的诺贝尔奖》是一篇立意深远的散文。文章的书写方式犹如平行蒙太奇,讲述了自己毫无文化的奶奶和1953年诺贝尔奖获得者洛伦兹的一生。1930年,20出头的奶奶养了一群鸡鸭,前辈们告诉她一个理儿:小鸡小鸭总是把它出生后看到的第一个在眼前晃动的物体当作妈妈。而与此同时,奥地利小伙子洛伦兹总结出鹅的"认母现象",并于1953年获得诺贝尔医学生理学奖。奶奶和洛伦兹都知道"认母行为",但人生际遇却相差甚远。奶奶目不识丁,足不出县,一生务农,而洛伦兹著作等身,头衔众多,周游世界。不过,世界的风云变幻对奶奶影响不大,她在各种战争和动乱中毫发无损,子孙满堂,而洛伦兹饱受二战之苦,三子折其二,自己到老孑然一身。董玉洁保存着两张照片,一张是洛伦兹获得诺贝尔奖后的笑,一张是奶奶找到了走失的小鸡。至于谁更幸福?这个问题就留给了读者,这也正是作者的深意之所在。

北岛的《如果天空不死》记述了他与旅法画家熊秉明先生的交往。熊先生对中国传统文化的爱、对功利世界的淡然相处让北岛深受感染,因此,他的立意并没有停留在对一个自然生命消亡的哀痛,而是反思有人文温度的艺术家的离世,让这个日益冷漠而高效的世界更加黯淡:

熊先生走了,这个世界更加黯淡了,留下我们去面对死去的天空?一个冷漠而高效率管理的时代。[1]

---

[1] 北岛:《青灯》,江苏文艺出版社2008年版,第41页。

毕淑敏的《爱的回音壁》对于教育,特别是爱的教育,由表及里,从父母的角度对日常生活中人们习以为常的教育方式提出了自己的批评。文章由她与孩子的对话引发,在这段对话中,她震惊地发现,父母全心全意对孩子的爱的付出,在孩子心中,只是一种理所应当。这不禁让她反思,我们的家庭教育和学校教育应该如何对孩子进行"爱的教育",而且提出了没有爱的教育的严重后果——焦渴而死。作者的深刻立意犹如一枚尖锐的钢针,刺破片面追求"成绩""优秀""才艺""成功"的"教育泡沫":

在前所未有的爱意中浸泡的孩子,是否物有所值,感到莫大幸福?我好奇地问过。孩子们撇撇嘴说,不,没觉着谁爱我们。

我大惊,循循善诱道,你看,妈妈工作那么忙,还要给你洗衣做饭,爸爸在外面挣钱养家,多不容易!他们多么爱你们啊……

孩子们很漠然地说,那算什么呀!谁让他们当了爸爸妈妈呢?也不能白当啊,他们应该的。我以后做了爸爸妈妈也会这样。这难道就是爱吗?爱也太平常了!

我震住了。一个不懂得爱的孩子,就像不会呼吸的鱼,出了家族的水箱,在干燥的社会上,他不爱人,也不自爱,必将焦渴而死。①

林清玄的《不南飞的大雁》的灵感来自作者在加拿大温哥华海边的公园里看到的成群的大雁,因为有了人们的投喂,它们可以在建筑物里取暖,因此停下了南飞的旅程,候鸟成了"留鸟"。想到朋友身处异域,远离家国,不再回归,有与大雁类似的境遇,林清玄不禁表达出让人深思的感悟:这样的大雁,不再回归家乡,它与鸽子何异?这样的深意请海外的游子们细细品味吧。

---

① 毕淑敏:《毕淑敏散文精选》,长江文艺出版社 2013 年版,第 106 页。

三、立意要高

散文的立意除了要新、要深外,还要有高度。这种高度往往是站在文化、历史的高度来鸟瞰社会和人生。

余光中的《记忆像铁轨一样长》和《听听那冷雨》本来都是怀念故土的。作者青年时期随父母移居台湾是有着社会纷争的时代大背景的,在兄弟相残的年代,他或许可以带着仇恨和敌视来缅怀无法回去的家乡。然而,余光中并没有这么做,战争、离散,在中国历史上演绎了几千年,分分合合、合合分分。余光中是一名学者,对中国文化和历史的熟悉使他可以站在高处,抛开政治和恩怨,找到中华民族的共性,找到中国人的共鸣点。

余秋雨的《一个王朝的背影》把承德避暑山庄和颐和园作为观照对象,由"自然山水"升格到"人文山水";由满汉之争,升格到中国历史上自然的朝代更替;由铁腕统治,升格到文化认同,对中国最后一个王朝的兴衰进行了历史和人文角度的剖析。

余秋雨的《都江堰》更是以人类文明史的高度评价了都江堰的成就和地位,超越了时间和国界。余秋雨最后用自拟的一副对联"拜水都江堰,问道青城山"作为对中华文化的解读。

著名散文理论家张振金先生这样评价余秋雨散文的高度:

> 余秋雨的全部散文都包含了一个"文化与历史"的哲学命题,显示他对人生、生活、生命、文化、历史、宇宙的哲学思考。所以,理性精神是对人生的悟彻,是对历史的静观,是智慧的闪光,是对平庸琐碎的超越,是对世界的哲学把握。[①]

毕淑敏的《千头万绪是多少》以现代都市人的一个道德难题切

---

① 张振金:《中国当代散文史》,百花文艺出版社 2012 年版,第 172—173 页。

入：碰到乞丐到底要不要施舍？文中的探讨最终超越了纠缠于感性的"善心"，超越了一般的世俗认知和道德绑架，将这一道德困境置于当代智性和社会治理中。当她的朋友在地铁口遇到乞丐，非但没有施舍，还要求站务管理人员予以制止，引发了毕淑敏的疑惑，并通过朋友的语言揭示了她对生活中的"小事"的感悟——现代都市人应该用一种新的理念来做慈善，即专业机构负责、各方监督，并对受助对象进行甄别，而不必受到任何道德绑架和职业乞丐的丑陋欺骗。

思考与练习

1. 阅读余秋雨的《都江堰》，体会本章讲述的三种韵味并对文章进行分析，写成1 000字的读后感。

2. 请试着对日常生活进行揣摩和思考，以《吃饭》《睡觉》《上学》《游园》为题，各写1 000字左右的散文，注意要写出新意、深意和高度。

第七章 真 趣

有句流行语,"好看的皮囊千篇一律,有趣的灵魂万里挑一",可见有趣的灵魂是多么难得且重要。高雅、幽默、有趣的散文往往能让读者看到作者灵魂的底色。

一、童趣

年龄的增长不应抹去人们内心的童真和童趣,作家们回忆童年的文章往往是童趣盎然的。

一贯"横眉冷对千夫指"的鲁迅,在写作《从百草园到三味书屋》时是充满童趣的,他不仅描写百草园时是充满童趣的,而且对三味书屋里在先生严厉管束下的儿童们的各种形态的描写,也是富有童趣,极其真实、生动的。

冰心的童心和童趣也许是最丰富的,她写的《说几句爱海的孩子气的话》《笑》《繁星》无不是如此。比如,《繁星》写的是冰心成年之后在海上与天空中的繁星相对,在星空之下仿佛回到童年,躺在母亲的怀抱,这样的感受是充满童心和童趣的,这样的文字在冰心的文章中比比皆是。

贾平凹《天上的星星》记述的是小时候他与妹妹一起看星星的故事,这篇文章的叙事手法与往常作品的雄放风格迥然不同。他是怀着一颗童心,用儿童的视角来讲述的。文中,贾平凹好像回到了童年,他与妹妹这两个乡村儿童在无聊至极中重新发现了星星。灿烂的星空让兄妹二人开心,可是月亮升起后,星星们渐渐失色了,这又让两个孩子慌张和不解。文章中,孩子们的对话特别符合他们当时对世界的认知,思维方式是孩子式的,语言也是孩子式的。当妹妹得出"月亮是天上的大人"这样的结论时,兄妹俩沉默了,因为在大人面前,孩子总要收起自己的灵气,而在月亮面前,星星也不见了自己的精光灵气,于是孩子们只好回家。在门前的小溪里,兄妹俩居然意外地发现了无数的星星,甚至试图伸手去捞星星,当然,这是徒劳的。

大人们发现孩子们不安生睡觉,自然要骂,骂过之后,自顾睡去,而孩子们却把家里所有的盆盆罐罐都拿出来,盛满水,目的就是把更多的星星藏在里面。这样的"傻事"只有儿童想得出来,这样的"趣事"也只有儿童做得出来,这样的记忆也只有心怀童趣的作家才写得出来。

意大利教师兼作家乔万尼·莫斯卡的两篇文章《顽童与绿头蝇》和《在学校的最后一天》,分别回忆了自己职业生涯的起点和终点。由于教师工作的特殊性,他面对的是一群顽皮、懵懂的孩子,因此,作为教师,需要有童心、童趣、耐心和爱心,作者身上的这些品质自然地浸透到文章之中。两篇文章的戏剧性很强,可谓电影《放牛班的春天》的散文版。

《顽童与绿头蝇》可以说是一篇"降魔记"。它讲述了20岁的乔万尼第一天去学校报到,要独自面对40个五年级的"小魔头",之前,他们已经赶走了以严厉著称的一名老教师。校长把乔万尼领到教室门口,自己就走了。40个男孩虎视眈眈地望着他,孩子们的领袖格勒斯基先是朝乔万尼扔了一个桔子,乔万尼躲开了,格勒斯基一怒而起,手执弹弓对着他,其余39个男孩也用他们的弹弓瞄向他。此时,一只大绿头蝇飞进了教室。格勒斯基用弹弓打向那只绿头蝇,却只打中了电灯泡,而乔万尼拿过他的弹弓,打死了绿头蝇。乔万尼在孩子们面前赢得了羡慕和尊重,接着,乔万尼顺理成章地收缴了全班学生的40把弹弓,然后命令格勒斯基到黑板前面来默写。

《在学校的最后一天》讲述的是乔万尼将与教了两年的学生道别,发生在学校最后一天的事情。其实,乔万尼选取的是在学校最后一堂课下课前的几分钟时间。在下课前,他把成绩单发下去,除了一个学生没有及格,其他学生都及格了,学生们不仅学习成绩提高了,人格也得到了提升——以前经常搬弄是非的学生现在会为此感到害臊。乔万尼告诉孩子们自己即将离开,并告诉他们告别的原因,说明他没把学生们当小孩,而是当作大人一样平等对待。同时,乔万尼还把平时没收来的东西一一还给孩子们,有水枪、陀螺,还有孩子们自以为很值钱的普通邮票。乔万尼的心灵是富有童趣的,否则不会在意这些在大人眼里毫无价值,而在孩子眼里却十分重要的东西。

乔万尼还向一个学生致歉,因为这名学生成绩不好,他父亲每天揪他的耳朵撒气,乔万尼把这归咎于自己。面对乔万尼的童心,孩子们也坦诚地承认把蜥蜴放在老师抽屉里、总在教室后面吹喇叭等顽皮捣蛋的事情。在乔万尼的鼓励下,孩子们和他一起鼓起腮帮子,发出一阵喇叭声,以这种方式作为告别。学生们把乔万尼的脸颊亲得全是唾沫印儿,还把瑞士邮票和笔帽送给他,甚至还有个同学扯去了他的一颗上衣纽扣作为纪念品。全文童趣盎然,既真实地重现了孩子们与老师告别的真挚画面,也刻画出乔万尼心思细腻、爱生如子的美好心灵。

二、雅趣

散文写作者要有高雅的趣味,并在文章中将雅趣体现出来,不能以低俗、庸俗和媚俗来博人眼球。

周作人的《乌篷船》,笔墨朴素自然,语调平和淡雅,情思闲适隐逸,乡愁醇香若茶,字里行间透露着雅趣:

你如坐船出去,可是不能像坐电车的那样性急,立刻盼望走到。倘若出城,走三四十里路(我们那里的里程是很短,一里才及英里三分之一),来回总要预备一天。你坐在船上,应该是游山的态度,看看四周物色,随处可见的山,岸旁的乌桕,河边的红蓼和白苹,渔舍,各式各样的桥,困倦的时候睡在舱中拿出随笔来看,或者冲一碗清茶喝喝。①

周作人的《喝茶》亦是一篇雅文,喝茶对于文人而言是雅事一件。喝茶的境界如果止于解渴,也谈不上什么雅趣了。但周作人写的喝茶,已经进入了茶道的境界,这种境界超越了人对喝茶本身的生物性需求,进而升华到审美境界和人生境界了,卓然脱于流俗:

喝茶当于瓦屋纸窗之下,清泉绿茶,用素雅的陶瓷茶具,同二三人共饮,得半日之闲,可抵十年的尘梦。②

雅俗与生活的境遇全然无关,而与作者的心性素养和心境心态密切相联。

梁实秋《雅舍》一文中名为"雅舍"的寓所,实为一所"并不能蔽风雨,因为有窗而无玻璃,风来则洞若凉亭,有瓦而空隙不少,雨来则渗如滴漏"的"陋室"。对于住过各式"琼楼玉宇"和"摩天大楼"的梁实秋而言,实在太过简陋,然而,他却以极其乐观的心态将它

---

① 史芊芊主编:《读者最喜爱的经典散文》,百花洲文艺出版社 2013 年版,第 21 页。
② 同上书,第 18 页。

第七章 真　趣

命名为"雅舍",并用十分清雅的文字,一一描述雅舍的种种"个性",因为在作者看来,"有个性就可爱"。

"雅舍"位于路远荒凉的半山腰,"旁边有高粱地,有竹林,有水池,有粪坑,后面是荒僻的榛莽未除的土山坡"。虽然"客来无不惊叹",而他却久而安之,"每日由书房走到饭厅是上坡,饭后鼓腹而出是下坡,亦不觉有大不便处"。

梁实秋如此描写"雅舍"的隔音之差:"邻人轰饮作乐,咿唔诗章,喁喁细语,以及鼾声、喷嚏声、吭汤声、撕纸声、脱皮鞋声,均随时由门窗户壁的隙处荡漾而来,破我岑寂。"

入夜后老鼠的自由行动"或搬核桃在地板上顺坡而下,或吸灯油而推翻烛台,或攀援而上帐顶,或在门框榱脚上磨牙,使得人不得安枕"。而比老鼠更骚扰人的是蚊子:

"雅舍"的蚊风之盛,是我前所未见的。"聚蚊成雷"真有其事!每当黄昏时候,满屋里磕头碰脑的全是蚊子,又黑又大,骨骼都像是硬的。在别处蚊子早已肃清的时候,在"雅舍"则格外猖獗,来客偶不留心,则两腿伤处累累隆起如玉蜀黍,但是我仍安之。①

梁实秋描写"雅舍"之陋,时常有大雨滂沱时的满室狼藉,而月夜和小雨之际却是最有雅趣的:

"雅舍"最宜月夜——地势较高,得月较先。看山头吐月,红盘乍涌,一霎间,清光四射,天空皎洁,四野无声,微闻犬吠,坐客无不悄然!舍前有两株梨树,等到月升中天,清光从树间筛洒而下,地上阴影斑斓,此时尤为幽绝。直到兴阑人散,归房就寝,月光仍然逼进窗来,助我凄凉。细雨蒙蒙之际,"雅舍"亦复有趣。推窗展

---

① 史芊芊主编:《读者最喜爱的经典散文》,百花洲文艺出版社2013年版,第76页。

望,俨然米氏章法,若云若雾,一片弥漫。①

梁实秋描写"雅舍"的陈设,虽然简朴,但纤尘不染,因作者非显要人物、牙医和立法业者,所以墙上没有名人照片、博士文凭和明星海报等:

我有一几一椅一榻,酣睡写读,均已有着,我亦不复他求。但是陈设虽简,我却喜欢翻新布置。西人常常讥笑妇人喜欢变更桌椅位置,以为这是妇人天性喜变之一征。诬否且不论,我是喜欢改变的。中国旧式家庭,陈设千篇一律,正厅上是一条案,前面一张八仙桌,一边一把靠椅,两旁是两把靠椅夹一只茶几。我以为陈设宜求疏落参差之致,最忌排偶。"雅舍"所有,毫无新奇,但一物一事之安排布置俱不从俗。人入我室,即知此是我室。笠翁《闲情偶寄》之所论,正合我意。②

可以看出,所有艰难困苦、狼狈不堪的生活在梁实秋笔下都充满了雅趣,这实为作者宽广心境的一种体现。

三、幽默

在笑的审美中,滑稽、讽刺、幽默构成三个不同的层次,以幽默为最高境界——有趣、可笑而意味深长。在当代社会,幽默已经不是奢侈品了,它是生活的必需品,待人接物、演讲作文,如果有幽默,会大受欢迎的。散文中有了幽默,就会大大增加它的可读性,并给读者带来更多的阅读趣味。

"幽默"一词本为"五四"时期的舶来品,而林语堂先生在《论幽

---

① 史芊芊主编:《读者最喜爱的经典散文》,百花洲文艺出版社2013年版,第76页。
② 同上。

第七章 真 趣

默》中认为,中国自孔子、老庄就有幽默,而幽默是文学发展到相当程度的必然结果。"幽默本是人生之一部分,所以一国的文化,到了相当程度,必有幽默的文学出现","处处发现人类的愚蠢,矛盾,偏执,自大,幽默也就跟着出现","欲求幽默,必先有深远之心境,而带一点我佛慈悲之念头,然后文章火气不太盛,读者得淡然之味。幽默只是一位冷静超远的旁观者,常于笑中带泪,泪中带笑"。

在林语堂看来,幽默是与虚伪、欺诈、迂腐、顽固和各种扭曲心理截然不同的人生观和处世哲学:

因此,我们知道,是有相当的人生观,参透道理,说话近情的人,才会写出幽默作品。无论哪一国的文化、生活、文学、思想,是用得着近情的幽默的滋润的。没有幽默滋润的国民,其文化必日趋虚伪,生活必日趋欺诈,思想必日趋迂腐,文学必日趋干枯,而人的心灵必日趋顽固。其结果必有天下相率而伪的生活与文章,也必多表面上激昂慷慨,内心上老朽霉腐,五分热诚,半世麻木,喜怒无常,多愁善病,神经过敏,歇斯底里,夸大狂、忧郁狂等心理变态。[①]

对于老舍而言,幽默首先是一种心态,这种心态是包容的、带着同情的:

"幽默"这个字在字典上有十来个不同的定义。还是把字典放下,让咱们随便谈吧。据我看,它首要的是一种心态。我们知道,有许多人是神经过敏的,每每以过度的感情看事,而不肯容人。这样人假若是文艺作家,他的作品中必含着强烈的刺激性,或牢骚,

---

[①] 林语堂:《论幽默》,载王景科编:《中国现代散文小品理论研究十六讲》,山东文艺出版社2009年版,第68页。

或伤感;他老看别人不顺眼,而愿使大家都随着他自己走,或是对自己的遭遇不满,而伤感的自怜。反之,幽默的人便不这样,他既不呼号叫骂,看别人都不是东西,也不顾影自怜,看自己如一活宝贝。他是由事事中看出可笑之点,而技巧的写出来。他自己看出人间的缺欠,也愿使别人看到。不但仅是看到,他还承认人类的缺欠;于是人人有可笑之处,他自己也非例外,再往大处一想,人寿百年,而企图无限,根本矛盾可笑。于是笑里带着同情,而幽默乃通于深奥。①

贾平凹的《笑口常开》一口气写了十九个生活小故事,用幽默的语言讲述了20世纪80年代知识分子的人生遭际,有的郁闷,有的尴尬,有的令人哭笑不得。试看下面三个例子。

著作得以出版,殷切切送某人一册,扉页上恭正题写:"赠×××先生存正。"一月过罢,偶尔去废旧书报收购店见到此册,遂折价买回,于扉页上那条题款下又恭正题写:"再赠×××先生存正",写毕邮走,踅进一家酒馆,坐喝,不禁乐而开笑。

大学毕业,年届三十,婚姻难就,累得三朋四友八方搭线,但一次一次介绍终未能成就。忽一日,又有人送来游园票,郑重讲明已物色着一位姑娘,同意明日去公园××桥第三根栏杆下见面。黎明早起,赶去约会,等候的姑娘竟是两年前曾经别人介绍见过面的。姑娘说:"怎么又是你?"掉身而去。木木在桥上立了半晌,不禁乐而开笑。

好友×君,编辑十五年杂志,清苦贫困,英年早逝。保存下那一枝笔和一副深度近视镜。租三轮车送亡友去火葬场火化,待化的队列冗长,忽见墙上张贴有"本场优待知识分子",立即返回取来

---

① 老舍:《老舍散文精选》,长江文艺出版社2017年版,第93页。

第七章 真　趣

编辑证书,果然火化提前,免受尸体臭烂,不禁乐而开笑。①

毕淑敏的《素面朝天》以自嘲的口吻讲述了自己的外貌,而并没有因为凡常的外表而自惭形秽。这种幽默说明了能打趣、自嘲的人,他们的内心往往是强大的、独立的。

素面朝天。我在白纸上郑重写下这个题目。夫走过来说,你是要将一碗白皮面,对着天空吗?

我说有一位虢国夫人,就是杨贵妃的姐姐,她自恃美丽,见了唐明皇也不化妆,所以叫……夫笑了,说,我知道。可是你并不美丽。

是的,我不美丽。但素面朝天并不是美丽女人的专利,而是所有女人都可以选择的一种生存方式。②

胡晓梦的《这种感觉你不会懂》以一个女大学生的视角,用略带尖酸而又幽默的语言,道出了女大学生宿舍集体生活中原本令人尴尬、郁闷的烦心事,20 世纪 80 年代后期,女大学生宿舍中锱铢必较的生活空间、肆意弥漫的荷尔蒙、不胜烦扰的个人成长,都跃然纸上。

我越来越觉得自己生活在一个非人的世界。我的生存空间小得不能再小,只有一个张着帐子的单人床,还是上铺。以前我无论春夏秋冬均在床上看书写文章听音乐偶然也哭哭笑笑什么的,现在不行了,寝室里热闹得很,除我外六个小女子全都有男朋友了,

---

① 贾平凹:《贾平凹散文精选》,长江文艺出版社 2017 年版,第 43 页。
② 史芊芊主编:《读者最喜爱的经典散文》,百花洲文艺出版社 2013 年版,第 222 页。

偏偏她们都喜欢把他们往自己的窝带,因此该寝室实为十三人在住。①

鲍尔吉·原野的《寻找鲍尔吉》,用幽默的笔调讲述了一件令人"郁闷""抓狂"的事。这件麻烦事源自作者独特的名字,鲍尔吉是作者的蒙古姓氏,加上原野二字,形成"蒙汉合璧"的"鲍尔吉·原野"。为了取6元钱的稿费,他遭到银行职员小姐的盘问:"鲍尔吉是谁?""那原野又是谁?""你,到底叫什么?"作者的解释超出了银行职员的认知,而且他的工作证和身份证上写的名字都是"原野",于是银行职员要求他把"鲍尔吉"找来,一同领款。作者遂找到一个面善的人请他充任鲍尔吉,但那人不愿意作弊,然后他又找到了一个无赖样的人,却因为对方的揶揄险些动了拳脚。最后,作者找了附近的朋友,还花7元钱刻了"鲍尔吉"的私章,才取出了那6元钱稿费。这个故事轻松,文笔幽默,显示出作者的生活心态。

思考与练习

通过阅读一些幽默小品文、幽默段子等来增强自己的幽默感,并试着写一篇幽默散文《我》。

---

① 张振金:《中国当代散文史》,人民文学出版社2003年版,第272—273页。

第八章 真题(艺术院校招生考试真题)

为了便于考生了解艺术院校散文考试的要求,本章罗列了往年部分艺术院校的专业入学考试真题,以供参考。

可以看出,真题的设计是围绕着考核戏剧影视文学专业或广播电视编导专业学生的能力来进行的,考生应具备对生活观察的敏锐性、记忆力、叙述和描写能力,以及把生活片段结构成篇的能力。

具体的考试要求如下:
文体要求:叙事散文。
字数要求:1 500字以上。
考试时间:2—3小时。

从考试要求来看,要在3个小时之内写出一篇高质量的散文,除了平时要多看、多写、多练之外,在考试时,也需要做到以下四点。

一、精准审题,掌握重点

1. 如何审题

首先,应准确地解读考题的内涵,不能曲解题意;其次,根据题目类型,确定文章的贯穿线索;最后,根据题目的意象和感觉,结合自己文章的内容,确定文章的情感基调。

2. 叙事散文考试真题类型

(1) 人物类

如《旅伴》《偶像》《翩翩少年》等。可以看出,《旅伴》可以记述旅行中的同伴,在事中写人,《偶像》可以是考生心目中崇拜的人,可以是文艺、体育明星,也可以是政治、科技精英,甚至可以是自己身边值得学习的榜样。

(2) 场景类

如《城市天空》《新居》《独自在家》《故园春色》《天边外》《住过的房子》《老街》《没有季节的街道》《在路上》《看不见的城市》《母校》等。本类题目基本规定了叙事空间,考生需要在规定的空间里完成叙事,比如《老街》,一定要写老街,而不能写成"新城",《在路上》,一定要写在路上发生的事,而不能写在家里发生的事。

(3) 时间类

如《我的夏天》《寒冬》《多雪的冬天》《人生一瞬》《童年往事》《十分钟年华老去》《天亮了》《神圣的一刻》《梦醒时分》《又是一年春草绿》等。时间是叙事中最主要的因素之一,以时间为轴,重点要突出考生对事件发生的那个时间的独特记忆和感受。

(4) 事件类

如《扫墓》《暮归》《看戏》《难言之隐》《爸爸的生日》《教训》《那一次别离》《昨夜无梦》《邂逅》《婚礼》《历史课》《往事》等。该类题目要求考生以主要事件为线索,在叙事过程中寄托自己要表达的情感和思想。

(5) 物件类

如《抽屉》《失去的玩具》《远方来信》等。此类题目将指定物件作为全文的贯穿线索,需要考生挖掘生活中与此有关的生活片段。

(6) 细节类

如《乡音》《一曲难忘》《符号》《书香》《夜雨》等。该类题目要求考生从细节和感受出发,将对细节的真切感受贯穿于文章始终。

(7) 情绪类

如《悠闲》《聆听寂静》《那一夜,我失眠了》《心的极限》《遗忘》《恩情》《错过》《迷失》《歉意》《不再任性》《孤独》等。此类题目意在关注人的一种情绪和感受,考生需要按照题目给出的情感基调展开叙事。

(8) 多解类

如《波动》《释放》《放飞》《假如没有》《盛开》等。此类题目外延较广,有多种解读方式,在写作时,考生可以根据自己的理解来发挥,只要解读合理,言之有理即可。

以上总结的八种真题类型,可以在本书第五章找到对应的名家名篇进行有针对性的学习。

二、开篇接题,应题而作

文章的开篇应根据考试命题来写,切忌无视题目,随意发挥,最终天马行空,离题万里。

因此,文章的第一段最好能在准确理解题目意思的前提下,接题而作,而接题而作的一个明显的标志,就是文中是否出现与题目相关的词汇、感觉、场景和事件等。

例1.《扫墓》

开头:

清明扫墓之时,墓园里满是来来往往的人。外公的照片静静摆放在那一处,慈祥的面容,带笑的眸子,隔着层黑白与我对视着,静谧无声……那一刻,周遭的人群四散开去,我再一次坠入了回忆的洪流……

点评:文章从清明节的扫墓写起,展开对故去的外公的回忆。

例2.《夜雨》

开头：

寂静的夜里，窗外的雨一直下……熟悉的雨声，熟悉的雷鸣，仿佛又把我带到了那个雷雨交加的夜晚，那个以外公落寞背影结尾的，夹杂着愤怒、惭愧的，令人心碎的夜晚。

点评：文章开头抓住夜雨有些感伤的基调，展开对外公的回忆。

例3.《寒冬》

开头：

外公是在那个刺骨的寒冬离世的，算下来，现在已经过去1年2个月零3天了。我搓了搓冻僵的双手，站在冷冷清清的街道上，回望着外公的旧居——那个承载着我喜怒哀乐回忆的地方，默默地叹了口气：又是一个寒冬……

点评：寒冬是萧索的，是冰冷的，恰似亲人的离去给作者带来的感受。

例4.《那一次离别》

开头：

那一次离别，没有悲伤与不舍，只有忘形的得意和无尽的快乐。

点评：文章开篇言简意赅，直接承接了题目的意思，也表达出作者自己在离别中与众不同的快乐，以引发读者对下文的关注，这属于写作手法中的"声东击西"。

第八章 真题(艺术院校招生考试真题)

例5.《那一夜,我失眠了》
开头:

外公走了已经有1年2个月零3天了。

家人送他的那天,外婆把他的华为手机交给我:"这个手机是上次过生日你送他的,现在他走了,你拿回去吧。"我打开他的手机,看到的是他的微信头像——上次过生日的"全家福"——他在中间开心地笑着,小辈们围绕着他。这张"全家福",就是用这个华为手机拍的。一滴滚烫的泪,不自觉地滴到了手机屏幕上,我用手去擦拭着,他的朋友圈也向下滑动着,外公生前的一幕幕,随着他朋友圈的一幅幅照片重新浮现在我的眼前……那一夜,我失眠了……

点评:作者准确接题,从那一夜的失眠切入,失眠的原因源于对故去外公的回忆。

例6.《释放》
开头:

和外公挥别的那一刻,我看着蓝蓝的天、广阔的地,心中的愉悦瞬间达到了峰值,仿佛积压多年的闷气从胸中释放——我将重获自由,我将迈往全新的高中住宿生活,摆脱外公烦闷的禁锢。

点评:"释放"可以有很多解释,被绑架者获救是释放,囚犯获释也是释放,这里,作者把它定义为心灵的释放。

例7.《放飞》
开头:

离开外公家的那一刻,仿佛一个精致的鸟笼打开了大门,我就像一只即将被放飞的鸟儿,心驰神往地望着蓝天白云——我将摆脱外公的管束,步入全新的高中住宿生活。从此我可以展开翅膀,自由地翱翔啦!

点评:"放飞"一词常用于放飞风筝、鸽子等,作者将自己比作小鸟,把离开家人的管束形容为心灵的放飞。

例8.《遗忘》

开头:

我以为时间会让我遗忘些什么,却没想到遗忘的只有尖锐的争吵与不快,留下他温柔而慈祥的面庞,一遍遍在我脑海中描摹。

点评:"遗忘"与"记忆"是反义词,能够记录下来的遗忘,是一种更加难以遗忘的记忆。以遗忘入手来写记忆,不失为一种较为巧妙的写作策略。

例9.《抓住时间的手》

开头:

我想抓住时间的手,拉着它,回到从前,再看看外公的笑颜……

点评:紧密、贴切地接题,自然地衔接到作者接下来要讲述的人和事上。

例10.《聆听寂静》

开头:

寂静的夜总是会让人变得脆弱,总会让人坠入一段段往事,兀自神伤。我聆听着周遭的寂静,没有外公令人熟悉的唠叨,没有外公教训时的喋喋不休,什么都不会再有了……

点评：作者抓住"聆听寂静"设定的情感基调，找到与"寂静"感觉相反的"唠叨"和"喋喋不休"，对不冷静时经历的事情进行了回忆和反思。

三、主体扣题，形聚神聚

有种说法，散文是"形散神不散"。在考试作文中，由于篇幅的限制和作者写作功力的限制，很难做到"形散神不散"。但是，"神不散"是散文的基本审美标准，也是把文章捏合起来的灵魂，更是考试的要求。所以，考试时还是希望考生做到"形聚神聚"，让文章的主体始终紧紧扣住命题。

下面是文章《扫墓》的主体部分：

外公走了已经有1年2个月零3天了，家人送他的那天，外婆把他的华为手机交给我："这个手机是上次过生日你送他的，现在他走了，你拿回去吧。"我打开他的手机，看到的是他的微信头像——上次过生日的"全家福"——他在中间开心地笑着，小辈们围绕着他。这张"全家福"，就是用这个华为手机拍的。一滴滚烫的泪，不自觉地滴到了手机屏幕上，我用手去擦拭着，他的朋友圈也向下滑动着，外公生前的一幕幕，随着他朋友圈的一幅幅照片重新浮现在我的眼前……

外公生前曾经是一位教了三十来年书的老教师。

小学至初三这漫长的十年光景里，我一直和外公外婆住一起的。那时，在我眼里，他特爱操"闲心"。退休后更是开辟了别具一格的兴趣爱好——爱上了电视台养生节目，勤奋地记下四五本笔记。各类养生知识成了他的"备课笔记"，我是他的主要上课对象之一。特别是当我要喝可乐的时候。

有一天放学，经过了昏天黑地的考试后，我想用一瓶可乐来慰劳一下自己，想到喝可乐显然是违反了外公"第二十一条健康家规",于是,我偷偷地把可乐塞进书包里,悄悄地把它带回家。而且我计划好了,等夜深时分,他沉沉睡去,我便拿出可乐豪饮一杯,神清气爽后再深入题海大战八十回合,岂不是美滋滋?就这样,夹杂着顶风作案的窃喜和对可乐长久以来的渴望,计划如期实行——夜晚十一点半,我的房间,"呲"地一记汽水声伴着如鼓般的心跳划开了寂静。

与此同时,房门开了。

"怎么还没睡呢,都十一点半了啊!"外公的声音陡然插入。我做贼心虚,惊得跳起,手上的瓶盖滑落,滚到外公的脚边,乖巧地停下。

一曲精彩的交响曲奏完,房间又陷入了寂静。我和外公面面相觑。那一刻,我觉得我完了,因为我知道,短暂的沉默过后,等待着我的将是令人耳熟能详的"老和尚谈养生"专题讲座。

"这么晚了你不睡觉,居然还偷偷喝可乐。"外公微微蹙眉,他的声音不大,听不出喜怒,但透着一抹浓重的无奈,"你不记得我跟你说的了吗……"

"又来了……"我心里暗自叫苦。

"可乐啊!对身体不好!里面有咖啡因!"外公褪去睡意,开启了授课模式,"你正在长身体,咖啡因会阻碍钙的吸收,还会兴奋神经,你长不高,睡不好觉,长不好身体,都是因为可乐……"

这是打算口述一篇论文的节奏……我的耳畔回荡着外公的叨叨,烦躁极了。和作业上的字大眼瞪小眼,我试图让自己平静下来,可无果——毕竟外公的论文才刚开了个头,忍无可忍之下,我大声向他吼道:"够了!别再烦我了!"

那天晚上的闹剧就在我的一声大吼中草草收尾了。那时他懵懵地停住了嘴,盯了我一会,最后留下一句轻轻的"早点睡",小心翼翼地关紧房门,落寞离开,脚步极慢,极慢,伴着一声几乎听不见的叹息……

"可乐事件"是不愉快的,就像每天都在上演的"吃早餐事件""吃水果事件""加减衣服事件""准点起床、按时睡觉事件"一样,在我和外公之间上演着、争吵着、遗忘着,又上演着……

终于,战争结束,硝烟散尽!随着我上高中后和外公的见面次数越来越少,一切的争吵都成了往事,有的,只是外公嘘寒问暖的电话问候。

两年前,外公的生日晚宴上,我用压岁钱替外公买了部华为手机当作礼物。既然平时见不着面,那便靠着手机多联系吧,我藏了这么个心思。那天他开心得不行,直呼着"孙女长大了,长大了",当场便开始摆弄,学习起了手机。

我帮外公开通了微信,"这样我们就可以天天见面了!"

外公端详着手机大屏幕,有点将信将疑。

果然通过微信,我和外公可以天天"见面"了。外公在微信上再次对我"开讲啦"!一些养生知识的推文,诸如《你不知道的可乐的危害》每天都会准时发送到我的微信上,虽然,我一般仅仅看一下标题,不会仔细看,但是,我渐渐能够体会外公对我的那份爱。

一年半前,外公被查出得了胃癌,而且还是晚期,虽然时日无多,为了不想让家人们担心,在那个家庭微信群上他总是活跃着,依然向我们发送着健康的知识,言语间丝毫不见病痛对他的困扰和折磨。

没过多久,外公终于还是走了,他的微信上最后一次向我们传递爱的信息的日子,定格在了1年2个月零3天前的那一天。

(作者:姚雨清 指导老师:马骏)

点评:文章以给外公扫墓为引线,把扫墓人"我"和被祭扫者外公拉进了回忆。外公已逝,"我"只能通过送给外公的生日礼物——手机里的照片和健康分享内容展开对外公生前场景的还原。如此一来,文章的主体始终紧扣扫墓的核心意义——怀念故人。

四、结尾点题,立意隽永

文章的结构历来讲究的是"凤头、猪肚、豹尾",也就是开头要精彩,中间要扎实,结尾要有力。

读者往往期待文章的结尾会有"意料之外、情理之中"的结局,以及一些提炼出来的振聋发聩的哲理。因此,把结尾写出深度和高度,可以使文章脱颖而出,令人回味隽永。当然,这一切都必须建立在点题的基础上,从结构上来讲,开头的"接题"、文中的"扣题"和最后的"点题",贯穿才能形成文章的整体气韵。

例1.《扫墓》

结尾:

想外公的时候,我会默默地打开他的手机。他的微信号再次登录,看着他的满脸笑容的头像,一个又一个爱的分享,仿佛他依然在某个地方陪伴着、守护着、关爱着我。

思绪渐渐抽回,我不知在外公的墓前站了多久了,只觉得往事如新,手上似还留有外公的余温。离开墓园之时已是傍晚,回程的车上,我不自觉地掏出手机,不自觉地登上微信点开外公的头像,发去一条信息:"外公,你好吗?我好久没喝可乐了,你也要保重哦。"

我知道,他收得到。

点评:外公已逝,作者却不肯舍弃外公的手机,甚至发去信息,希望在天堂的外公可以收到。此情感人,使扫墓的含义得到升华。

例2.《夜雨》

结尾:

第八章 真题(艺术院校招生考试真题)

　　窗外的雨继续下着,一如外公还在那些个夜里,我怔怔地看着窗外,在回忆中眷恋地游走。良久,我悄然打开外公的手机,看着他的微信号再次登录,看着他满脸笑容的头像、一个又一个爱的分享,我默默地给外公发去一条信息:"外公,你好吗?我好久没喝可乐了,你也要保重哦。"

　　那窗外的夜雨竟然打湿了我的眼睛。

　　点评:夜雨的惆怅感引发了作者对亲人的思念,因为思念,作者回忆起外公生前的叮咛,而窗外的夜雨,居然"打湿了"作者的眼睛,这是夜雨和爱带来的感人画面。

　　例3.《寒冬》

　　结尾:

　　想外公的时候,我会默默地打开他的手机。他的微信号再次登录,看着他的满脸笑容的头像、一个又一个爱的分享,仿佛他依然在某个地方陪伴着、守护着、关爱着我。

　　寒冬的劲风凛冽,我从脸上冰凉的泪痕中找回了清醒。再一次,深沉而眷恋地望向外公的旧居。我从口袋中掏出了外公的手机,默默发去一条信息:"外公,你好吗?我好久没喝可乐了,你也要保重哦。"

　　在这个刺骨却又温暖的寒冬里,我知道,他收得到。

　　点评:作者在寒冬思念外公,这种思念里有着痛彻心扉的温暖,将温暖的回忆放在寒冬来表达,更显祖孙的深情和爱的温度。

　　例4.《那一次离别》

　　结尾:

　　那一次离别,我哭了好久好久。

再后来,想外公的时候,我总会默默地打开他的手机。他的微信号再次登录,看着他的满脸笑容的头像、一个又一个爱的分享,仿佛他依然在某个地方陪伴着、守护着、关爱着我。

有时,我会给外公发去一条信息:"外公,你好吗?我好久没喝可乐了,你也要保重哦。"

我知道,他收得到,就好像,我们从未离别。

点评:离别令作者哭泣,而那一次离别,是永别,更让作者无法接受。"从未离别"是美好的愿望,也是人内心深处的爱的种子。

例5.《那一夜,我失眠了》

结尾:

那个黯淡无光的夜晚,我辗转反侧,想起同外公的点点滴滴,心里便空落落的。我默默地打开他的手机,看着他的微信号再次登录,看着他的满脸笑容的头像、一个又一个爱的分享,仿佛他依然在我身边陪伴着、守护着、关爱着我。良久,我向外公发去一条信息:"外公,你好吗?我好久没喝可乐了,你也要保重哦。"

我知道,他收得到。

点评:失眠的夜晚,除了无尽的回忆,作者还要做点什么——告诉在天堂的外公,彼此都要保重。

例6.《释放》

结尾:

这之后,想外公的时候,我总会默默地打开他的手机。他的微信号再次登录,看着他的满脸笑容的头像、一个又一个爱的分享,仿佛他依然在某个地方陪伴着、守护着、关爱着我。

有时,我会给外公发去一条信息:"外公,你好吗?我好久没喝可乐了,你也要保重哦。"

我的那颗释放后的自由的心从未像那一刻渴望重获外公温暖的"禁锢"。

点评:脱离大人的管束,原以为是一种"释放",失去管束后,作者才知道那是无法挽回的爱。

例7.《放飞》

结尾:

这之后,想外公的时候,我总会默默地打开他的手机。他的微信号再次登录,看着他的满脸笑容的头像、一个又一个爱的分享,仿佛他依然在某个地方陪伴着、守护着、关爱着我。

有时,我会给外公发去一条信息:"外公,你好吗?我好久没喝可乐了,你也要保重哦。"

放飞的鸟儿从未像那一刻渴望重回外公温暖的"巢"。

点评:作者把自己比作鸟,把离开外公比作放飞,最终,外公的离去让作者明白,自己是如此地希望重回外公温暖的"巢"。

例8.《遗忘》

结尾:

思念是一件痛苦的事情,我总想着时间可以让我把失去的伤痛遗忘。可每每此时,冥冥之中总会有什么在提醒着我不要轻易忘记。那时我会默默地打开他的手机,看着他的微信号再次登录,看着他的满脸笑容的头像、一个又一个爱的分享,仿佛他依然在某个地方陪伴着、守护着、关爱着我。

有时,我会给外公发去一条信息:"外公,你好吗?我好久没喝可乐了,总想着你的叮嘱呢。"

我知道，与外公的往昔点滴，我不会遗忘，也不想遗忘。

点评：用回忆的方式来写遗忘属于"反其道而行之"，最后用一句"我不会遗忘，也不想遗忘"既点明了主题，又将情感深化了。

例9.《抓住时间的手》

结尾：

想外公的时候，我会默默地打开他的手机。他的微信号再次登录，看着他的满脸笑容的头像、一个又一个爱的分享，仿佛他依然在某个地方陪伴着、守护着、关爱着我。

有时，我会给外公发去一条信息："外公，你好吗？我好久没喝可乐了，你也要保重哦。"

我知道，外公正牵着时间的手，默默地陪我走向更长的人生路……

点评："抓住时间的手"含有对逝去时光的不舍之情，文末让怀念的对象外公"牵着时间的手"陪"我"走更长的路，这显然是点题的、切题的，而且把祖孙的挚爱情感放在了更具高度的时光隧道。

例10.《聆听寂静》

结尾：

想外公的时候，我会默默地打开他的手机。他的微信号再次登录，看着他的满脸笑容的头像、一个又一个爱的分享，仿佛他依然在某个地方陪伴着、守护着、关爱着我。

我回过神来，在一片寂静之中，默默地打开外公的手机。看着他的微信号再次登录，看着他的满脸笑容的头像、一个又一个爱的分享，仿佛他依然在某个地方陪伴着、守护着、关爱着我。良久，我向外公发去一条信息:"外公,你好吗? 我好久没喝可乐了,你也要保重哦。"

寂静的夜里,我仿佛听到了外公的回复……

点评:聆听寂静是全文之魂,在寂静中,作者陷入深深的回忆,甚至在寂静中听到故去亲人的回声,这是作者赋予命题情感和主题的双重升华。

第九章　真例(学生习作)

本章收录了10篇习作,这些出自十七八岁学生之手的文字也许还显得较为稚嫩,但是作为即将进入戏剧影视文学和广播电视编导专业学习的学生,毕竟迈出了感悟生活、观察生活、书写生活的第一步,希望这些文字能够给后来者一些启发。

一、《寂寞花开》

寂 寞 花 开

　　寂寞的时候,我总会想起郑老师窗前的那盆静静摆放的米兰花。

　　还记得初中那会儿,我们班总体的数学水平差了年级平均一大截,学校为了"精准扶贫",便在初三换了位新老师。开学第一节数学课,门外走进一个高瘦的女子,约莫四十来岁,陈旧的棕色薄绒衫,黑黄的皮肤,一副平平的相貌,甚至略带些土气。她脚步匆匆,在讲台飞速站定,用凌厉的眸子扫了眼底下,开口道:"我姓郑,关耳郑,叫我郑老师便好,从今天开始教你们数学。"

　　她一开口,就有人偷笑了起来——新老师说话还带着地方口音平翘舌不分,上来便把"数学"念成了"素学","关耳"念作了"光耳"。再联系到她的一些八卦传闻,底下便议论开了:"我听说,她可是复旦大学数学系毕业的,经验老道,特级教师,咱们学校的王牌呢！"

"是么？看这样子，别是哪个小山区跑来的乡巴佬吧？"

"不过，还听说她是当年西北某省的高考状元……"

议论声不大不小，她定是听见了些，却一副风轻云淡的样子兀自讲起了课。漂亮的板书，清晰的逻辑，干脆利落，没有丝毫拖泥带水，一节课下来所有人都闭了嘴。两天之内，她记下了全班的人脸和姓名，艰难的适应期被她一笔带过，无缝衔接，所有人乖乖上了船，跟着她一起学海无涯苦作舟。

不过我似乎是个例外。上课的时候还是像以前那样发会儿小呆，错了的题还是归结为"粗心"便草草收场，几个礼拜的快节奏下来，差距立现，几次小测验，都是班级垫底。那天，她叫我去了办公室，脸上还是淡淡的，也看不出什么喜怒。

我推开门，她让我坐下，什么教训话也没说，先给我吃了块小蛋糕。我扒着蛋糕心虚地吃了一半，她突然问道："你觉得，数学是什么？"

我看着她瘦小干瘪却格外认真的脸，确定她没在开玩笑，"是……是题目？计算？应用题、方程……"我不明白她的意思，生怕说错了话，连珠炮似地背起了课本目录。

郑老师笑了起来，眼角的皱纹更深了，可我居然觉得有些好看，那是和她平常截然不同的耐心与温柔。"我知道你喜欢语文，还有作文获奖。对数学提不起劲，就是因为想不通什么是数学。它不是某一题的对与错，而是一种态度，一种思考问题的角度与方式。等你长大了会发现，或许你早忘了该怎么解题，但数学教会你的严谨、逻辑、全面会让你终身受益……"

那时的我听得一知半解，现在想来，却是回味无穷。那天她讲了很多，慢慢的，有一种深沉的智慧，她始终没提成绩、分数，向来尖锐的眼神在那天却不可思议的柔和，到后来我们甚至还聊了些家常。

那一天之后，我好像渐渐喜欢上了数学，喜欢上了她，连带着那神奇的口音,都有一种说不出的安全感。

  我们班的数学水平提高得很快,像是被打通了任督二脉。在郑老师的指导下爆发出了自己都没想到的数学潜力。我没事就爱往她的办公室跑,请教些不懂的题目,讲题之余,她还会和我聊聊天,有时会讲些有趣的数学小故事。

  直到有一天,我如往常一样欲敲开办公室的门,却听到了门内传来的低低的郑老师的声音。办公室里似乎没有其他老师,她一人打着电话,声音有些空荡。见走廊里没什么人,我耐不住好奇便仔细听了下去。

  "母亲跌倒了?她现在怎么样,送医院了吗?"郑老师的声音很着急,话语有些哽咽,"哥,这两天你辛苦了,我也很想马上回来,可我手上还有一个班的孩子,初三的要紧关头,我怎么能撒手放着不管呢……这样吧,我先寄点钱过去……好,我再想想办法……"她好像哭了,很难想象,那样一个凌厉果决的人,也会像这样脆弱而无助。

  我悄悄地走了,心里难受得透不过气,我想找个法子安慰她,可我明白,她一定不希望有人知道这个秘密,为她担心。沿着弯弯的路回家,一想到郑老师哭得像孩子一样的脸庞,我便一阵心酸。

  让我没想到的是,第二天,她还是如期来到了教室,一如平常地讲起了课。她看上去有些憔悴,眼睛肿肿的,这让她更显得苍老。其他的同学并没有发现什么异常,只有我的心在她走进教室的那一刻重重地敲击,只有我明白,她顶着多么大的痛苦与压力,选择了陪伴在我们的身边,走完初中时光的最后一段旅程。

  中考前的最后一节数学课上,她望着全班说道:"同学们,羽翼已经丰满——飞吧!"她的目光好像望到了很远很远的地方,她的母亲,她的老家,以及,我们的未来。我低下头,偷偷地擦去了泪水。

  中考的结果令人满意,我们班破天荒地完成了逆袭,我的数学几乎满分,这让我有些安心——终是没有辜负她的心血与付出。临别的时候,我买了盆米兰花打算送她,希望那小小的黄花能让她的心情好些,可我并没有等到她,只好把那米兰静静放在办公室的窗台上,留下一张小小的鹅黄色的卡片,写上"谢谢郑老师!"

同学们举办了一场谢师宴,要感谢所有辛勤付出的任课老师,特别是郑老师。然而,郑老师却没有来。班主任告诉我们,学期末最后一次数学课结束后,郑老师就请假坐飞机回老家去照顾自己住院的母亲了。同学们这才恍然大悟,明白了事情的真相。那一刻,热闹的谢师宴一点点沉默了,不知怎的,我又有些想哭。

后来,我收到了郑老师的回信,她说她收到了米兰,非常的喜欢,她说她过得很好,不用担心,她还说,谢谢同学们这一年的陪伴,希望我们走得更远,青春无悔……

从初中母校毕业一年后再去看她,郑老师在上课,依旧操着乡音在上"素学"课。我没有打扰她,只是来到那间熟悉的办公室。推开门,窗台上静静摆放着那熟悉的米兰花。

那一刻,我居然觉得似有一处歌声自远方飘来:"老师窗前有一盆米兰,小小的黄花开在绿叶间,它不是为了争春才开花,默默地把芳香洒满人心田……"

米兰寂寞地开着,希望它能代替我陪伴着严厉、负责而又朴素、平凡的郑老师。谢谢郑老师!这句话不仅写在卡片上,更写在我的心里。

(作者:姚雨清 指导老师:马骏)

点评:作者把"寂寞花开"之"花"具体到自己送给数学老师的"米兰花"上,而米兰花象征着郑老师低调、朴实、认真、负责的品质,以这盆花带出作者对初三毕业前的回忆,塑造了一个一心为了学生的老师形象,抒发了学生对老师高尚品德的钦慕之情。

二、《我的父亲》

我 的 父 亲

在我的记忆中,从事卫星发射工作的父亲是一个严苛得有些不近人情的"理工男""指挥官"。

记得五岁那年夏天,父亲说要教我学游泳。想到可以去玩水,我可高兴了。可来到游泳馆,看到偌大的泳池泛着神秘不可测的波光,我的心里却感到了一丝害怕。父亲刚戴好泳帽兴致勃勃地向我小跑过来,而我在泳池边连连后退、面露怯色:"爸爸,我怕,我要回家。"父亲摘下泳帽叹了口气,蹲下来,用"指挥官"一般坚定的口气说:"咱们在家不是商量好了的吗?以后计划好了的事就要做到,知道吗?"我点点头,又摇摇头,像个想临阵逃跑的小兵。在父亲严厉的眼神下,我不敢违抗,只好心不甘情不愿地戴上泳镜。可是面对着深不可测的水池,我站在边上迟迟不敢下水。突然我觉得双脚悬空,原来是父亲抓住我的脚踝将我倒提起来丢进了两米深的泳池里,紧接着扑通一声,父亲一个猛子扎进池子里把我的头托到水面上,我的双手双脚在水里拼命扑腾着,我害怕得嚎啕大哭……

虽然自那以后我学会了游泳,可我永远不会忘记被扔下水的那一刻,自己的尖叫声和"啪"的一声巨大的水花声,还有父亲严肃的、一字一顿的话语的回声:"计划好的事就一定要做到……"

上小学后,父亲的批评更多了,什么写字潦草、做题马虎、练琴不认真,甚至连吃饭有几粒剩饭也要被责备。我觉得在他眼里我就是一只一无是处的小可怜虫。

虽然打心眼里反感父亲对我的严苛,可是那种"一丝不苟""不近人情"就像一种遗传基因,让正步入青春期的我在同学中赢得了"铁面班长"的称号,那时的我虽然学习成绩优秀,还担任了班长,

第九章 真例(学生习作)

可是我和同学的关系却十分紧张,没有一个聊得来的知心朋友。

初二开学前的那个晚上,父亲拖着一个崭新的行李箱回家了,一进门就对我说:"我今天去学校给你报了住宿。""什么?我不要住宿,我和她们合不来的!你为什么不和我商量一下就替我做决定?"对于父亲的擅自做主,我十分不满:"你从来就不会考虑我的感受,什么都是你说了算,我小时候不喜欢珠心算,你让我学我学了,不喜欢练琴,你让我练我也练了,连我不喜欢吃西兰花,你让我吃我也吃了,每次都这样逼我做这些我不喜欢的事情,我再也不想看见你了!"我抽噎着甩下这句话便冲进自己房间哭了起来。我感觉十分委屈,"拉响警报"哭了好久,可是父亲一点儿也没有来哄哄我的意思,只听见他在我背后以"指挥官"的口吻一字一顿地说:"我已经报了名了,明天必须去。"听他这么说,我彻底绝望了,抽泣得更厉害了。母亲听到我俩的争吵声,出来正准备安慰我,父亲拦住她说:"让她好好哭吧,哭一场就长大了。将来的社会是个团队合作的社会,和同学搞不好关系,也不会成功的。"哭着哭着我居然睡着了,等我半夜醒来,发现父亲正在灯下轻手轻脚地帮我把脸盆、牙杯、毛巾和衣物等放进行李箱。

我去学校住宿后,父亲也因为去外地执行卫星发射任务,从家里"失踪"了,我们之间,只是每个月通过书信联系来保持着父女关系。父亲不在的日子,我好像也越来越像一个独立自主的小大人。

或许也正如父亲讲的那样,哭一场就长大了,我本来认为"住宿难,难于上青天",后来发现真的住宿了,同学关系也没想象中那么难处理。大家接触的时间多了,以前彼此之间因为不了解而产生的误会都一一消除了,我的性格也变得越来越受同学的欢迎和喜爱了,我和舍友们都成了无话不谈的好闺蜜。学习上大家互相帮助,两年下来,同学们都取得了很好的成绩,考上了理想的高中。我心中暗暗为当时父亲替我作的决定感到庆幸,渐渐理解了当年父亲的"不近人情"。

  搬离宿舍那天,手机新闻端传来消息,中国第一颗固体燃料卫星开拓一号成功升空!我隐约感到,那和父亲的工作有关。当我和舍友们有说有笑地拖着行李箱走到校门口,突然发现一个熟悉的身影,那是父亲!两年没见,父亲原来浓密的黑发变得花白而又有些稀疏,原来白皙的脸变得有些黝黑,原来微胖的体态变得有些消瘦,甚至原来挺直的腰杆有些弯曲了。在夕阳的映照下,他的剪影在我眼里仿佛变成了一个直耸云天、挺拔伟岸的卫星发射架。我满含热泪笑着扑进父亲的怀里,就像一颗小小的卫星投入卫星发射架的怀抱。

(作者:邓景文 指导老师:马骏)

  点评:本文记叙的是从事火箭发射工作的严苛、不近人情的父亲,不管是学游泳还是去报名住校,一开始都让作者感到不理解。随着时间的推移,作者渐渐理解了父亲的苦心,终于和父亲和解。"就像一颗小小的卫星投入卫星发射架的怀抱"这样的比喻把文章推向了高潮,也非常贴合父亲的职业和父女之间的关系。

三、《成长》

成 长

  在我印象中,我的每一步成长,都伴随着父亲的"棍棒教育"和"冷嘲热讽"。

  从我记事起,父亲在我面前永远是一张板着的脸,他信奉"棍棒底下出孝子""不打不成器"。他认为,他就是这种教育方式的成功典范,所以我从小就没少领教他的"中国式教育"。

  记得有一次我们全家出去吃饭,回家路上,他突然因为一件事骂我,仗着车里有外婆可以为我"撑腰",我顶了句嘴。他打开车门,不顾我哭泣,把我放在一个拐角的墙边,开着车扬长而去。那时我才六七岁,看着车子远去的影子,我以为他真的不会回来了,吓得大哭起来,不知如何是好。虽然后来他还是把车开了回来,可是我的心里永远不会忘记那种恐惧和孤独的感觉。

　　在家的时候,父亲也常常因为大事小事打我,那时只要一看到那根打我用的祖传藤条,我的皮肤会不自觉地起鸡皮疙瘩。上学之后,我尝试和他讲道理来改变他的思想,最后都被他用"歪理"俩字儿终审判决。尽管父亲经常打我,对我态度粗暴,可是我还是希望能够得到父亲的鼓励,而不是一味的"冷嘲热讽"。念初二那年,有一天晚上我对父亲说:"我高中想考外国语学校!"那是我们市第三好的高中,我凝视着他的脸,满怀期待能收到一句来自他的肯定,结果他在客厅另一头,一边看着报纸,一边瞥了我一眼,冷冰冰地抛给我三个字:"就凭你?"那一刻我心都碎了。虽然事后母亲解释这是父亲对我的"激将法",可是他冰冷的态度还是带给我很大的伤害。打那以后,我每天沉迷于玩游戏,很少完成学校作业。这样的情况持续了很长一段时间,而父亲因为工作繁忙,也没有注意到我的变化。

　　等到期末考试出来,我的成绩排名一落千丈。当我把成绩单交给父亲签字时,他拿着我的成绩单,一脸严肃,数落着我的不是,说着说着,居然拿起了小时候打我的藤条。我一把抢过藤条,拗成两截:"你这是家庭暴力!"已经和他长得差不多高的我对他吼道。他一脸惊愕,骂道:"死仔!"接着又猛地把我摁在床上。我趁乱抓起电话,拨打了110。当电话那头的警察问我:"需要我们出警吗?"我愣了一下,父亲趁机抢过电话,挂上了。我头也不回地冲下楼……

　　后来外婆在小区的长凳上找到正在哭泣的我,她对我说:"你快去看看,你爸不知道怎么了,一个人坐沙发那发呆呢,他以前从来没这样过。"回到家,经过客厅,我看到父亲像变了一个人似的,默默地低着头,盯着地板发呆。

自那以后，父亲再没打过我，我能感觉到，再碰到学习成绩不佳或者老师来"找家长"时，他总是试图对我好言好语讲道理，并在他那一贯严肃的脸上尽量挤出一些微笑。

去年高考的时候，我考上了一所国内二流的传媒学院，我和父亲说，我要考北京、上海一流的学校，我想选择复读。原以为父亲会劝我接受现实，没想到父亲却说，只要你选择的，我都支持。

自那以后，我和父亲的关系变得不那么僵了。

今年夏天，乡下有个亲戚结婚，我随父亲前去参加婚礼。婚宴过后，我和父亲在亲戚家院子里散步，我发现有几根藤条横七竖八地放在院子的角落，我捡起一根藤条。见我若有所思，父亲从我手里拿过藤条："小时候，爸爸用它打过你，还恨爸爸吗？"看着爸爸一脸愧疚的神情，我突然发现，爸爸脸上不知何时起增添了很多皱纹，白发也爬满了他的鬓角。我接过他手里的藤条，一把扔回院子角落："我早忘了！"

看着地上的藤条，父亲说："以后你教育孩子，千万不要打他。"望着父亲苍白的鬓角和略显佝偻的身体，我说好的，因为那时也很难找到一根藤条了。

虽然在我的成长过程中，那根藤条曾经给过我皮肉之痛和心灵之苦，可是，我真的不再记恨父亲的不是，也许，这就是一个男人真正的成长吧。

（作者：赖泽丰　指导老师：马骏）

点评：本文通过记述作者与父亲关系的转变，表现了作者从一个叛逆少年到一个有担当的青年的成长。故事从父亲的棍棒教育讲起，作者讲到自己开始反抗这种家庭暴力式的管教，后来，父亲开始转变教育方式，而作者也开始渐渐懂得父亲的苦心。全文紧凑、简洁，虽然时空跨度颇大，但因为紧紧扣住"成长"的主线，做到了"形散神聚"。

四、《我的继父》

我 的 继 父

我的父亲并不是我的父亲,我是说,他只是我的继父。

继父是一名普通的建筑工人,连长相都显得那么平淡无奇,那张黝黑的脸只要一笑,那排参差不齐的牙齿就露了出来。

因为工作的关系,他经常随着工地的变化而在不同的城市奔波。虽然常常不着家,但是只要在家的日子,他总要做点属于父亲"本职"要做的事。

比如,他喜欢去接我放学。那时,继父刚来我家,急于和我建立亲密的父女关系。有一次,他趁着我妈加班,自己到我所在的幼儿园来接我。那天所有小朋友都被家长接回家了,我一个人躲在滑梯下面,等着妈妈来接我。突然老师说我家长来接我了,我开心地探出头,可是一看到继父的脸庞,我的眼神立马黯淡了下去,又重新缩回滑梯里,说什么都不肯跟继父回家。后来是妈妈下班赶来,才把我接回家。

我上小学后,继父喜欢在我的作业本上签字,可是当同学看见继父的名字总会问我,为什么我的父亲和我不是一个姓?我总是故作平淡地说,因为他不是我亲生父亲!几次下来,我怕别人再问我为什么不和父亲同姓,所以但凡学校有要签字的时候,我都不会拿给继父签,就算拿给他签,我也会让他签上母亲的名字。

就这样,继父和我共同生活了多年,他总是努力地做着"父亲"的角色,小心翼翼地处理"继父"和"继女"的关系。我7岁生日那天,继父和妈妈给我过生日,当我吹熄蜡烛的时候,妈妈拉着我的手对我说,如果妈妈再要个孩子,你喜欢弟弟还是喜欢妹妹呀?看着妈妈试探的脸色和继父期盼的眼神,我也没有多想,脱口而出"我喜欢妹妹"。在那一刻,我看到继父和妈妈眼里有一种释然的神情。其实,我知道继父一直想要个亲生的孩子,毕竟这是他和我妈的第一次婚姻,他很想要个自己亲生的孩子,可是因为顾及我的感受,一直没有提,现在看到我越来越懂事,而妈妈的年龄也越来越大,才终于鼓足勇气"征求"我的同意,希望得到我的批准。

一年后,继父有了自己亲生的孩子,而且是个男孩,每次继父回家抱起他的时候,可开心、可满足了。然而,继父没有因为弟弟是他亲生的而对我有一丝一毫的不好。记得那一次,弟弟成绩考得不错,本来妈妈说好要奖励弟弟他最喜欢的乐高玩具,但继父却严厉制止,觉得没有必要。弟弟的脸瞬间就黑了下来。我想起小时候,我成绩考好了,他总会给我买玩偶奖励我。这件事连我这个同母异父的姐姐也看不下去,我觉得继父对弟弟太过分了。后来,还是我用零花钱偷偷给弟弟买了他喜欢的乐高,弟弟才开心了。

说实在的,继父对我不错,但是我觉得他的人生平淡无奇,只顾着"眼前的苟且",在我心中,他没有值得我崇拜的地方。我的心里,有着"诗和远方",我的梦想,就是要在北京追求自己的艺术梦想。

我向继父和妈妈提出自己的梦想——要去北京学习编导,他是极力反对的。他觉得我应该好好学文化课,不要一天到晚脑子里想一些不切实际的东西。妈妈也跟着附和,如果我去了北京,他们就很难再见到我了,他们不愿意我离家那么远。

平时温和的我一下子激动了起来:"我就是想去北京,我想上北京的大学,我想去外面看一看,我不想和你们一样一辈子都待在这个小城市里,一辈子做个微不足道的建筑工人。"显然,我的话刺激到了继父,继父看着我皱了皱眉头,叹了口气:"其实,能安安稳稳的也不错。如果你待在我们身边,做个老师,平平安安地过一生,不好吗?"

"我就是要去北京,北京有中央戏剧学院,北京有电影学院,北京有易烊千玺,北京有王俊凯。"

"原来你去北京就是为了追星?你不许去,我不允许你去。"

"你不想让我去,不就是因为你不是我亲生父亲吗?"

继父听到了这句话,眼神马上就黯淡了下去,人也变得沉默了,一屁股坐在了身后的椅子上。

然后我头也不回地冲向自己的卧室,砰的一声把门猛地一关。

回到房间我一个人静了静,觉得自己的话似乎说得太重了。于是我偷偷打开门,探出我的头,瞄了瞄在坐在客厅沙发上的继父。他背对着我,背部微微颤抖,似乎在偷偷抹眼泪。

终于,继父和妈妈向我妥协了,他们为我付了北京培训机构的费用。妈妈为了照顾我,还专门陪同我一起去北京。

临行的那一天,继父去高铁站送我们俩,进站前,继父把我拉到一边,从口袋里掏出1000块钱,塞到我的手里。"这是我平时偷偷省下来的私房钱,平时你妈总是管着你,不让你花钱,但现在你要出去了,你身上没有一点钱,怎么行呢。"说着他又递给了我一袋薯片,那是我最喜欢吃,也是他常买给我吃的乐事薯片。继父指着"乐事"两个字:"不开心的时候,就吃这个,吃了这个,就会开心了。"

我和母亲走进高铁,父亲站在外面看着我们往里走,朝我挥了挥手。母亲对我说:"你父亲虽然不想你去那么远的地方,但看你那么想去,就无条件地支持你了。"

我再次转过头,继父还在人群中向我挥着手,在那一刻,我觉得虽然他是一个与我毫无血缘关系的男人,可是这些年来他一直努力地为我做着些什么,希望我开心。

对我而言,他就是我的亲生父亲。

(作者:叶慧萍　指导老师:马骏)

点评: 作者从继女的角度写了继父以及自己与继父的关系,

其中有生活细节的关爱、有是否生二胎的微妙试探,也有人生道路选择的争执。最后,作者终于发现自己的言语对继父造成了伤害,也发现了继父对自己的爱,他们之间的感情超越了血缘,她更愿意从心底叫他一声"父亲"。

五、《拥抱》

拥　　抱

　　临近初三毕业那年,父母正闹着离婚,不知所措的我心烦意乱,学习成绩也从全班前几落到了二十多名。

　　每天回到家中,听着客厅里父母吵架的声音,再看着书桌上曾经幸福快乐的"全家福",我的眼泪常常不自觉地掉下来。眼看着这张"全家福"即将被撕碎,我觉得自己的心仿佛掉进冰窟,感觉到一种痛彻心扉的无助和绝望。

　　上课的时候,我不再是那个聚精会神、积极发言的我,而是常常会在上课时情绪低落、走神发呆。

　　这一切都没有逃过陆老师的眼睛。

　　陆老师是我的语文老师和班主任,50多岁的她有30多年教龄。虽然她已经没有年轻时的芳华,但是在校园里,只要你看到一位穿着旗袍的优雅女士,那一定是陆老师无疑。陆老师每天都穿旗袍,她爱穿旗袍,无论是端庄的紫罗兰旗袍、优雅的绿荷叶旗袍,还是奔放的红牡丹旗袍,穿在她身上就有一种独特的气质和韵味,既散发出一种传统的美,又透露着一种时尚的美,对于学生,则有一种"润物细无声"的感染力。听说这个学期结束后她将退休,但她没有因此而有丝毫懈怠,对于学生总是格外的有耐心,尤其是对我。

　　那一天,陆老师刚上完课,走到我身边,对着还在发呆的我,轻轻地拍了一下我的肩膀,轻柔地说:"来,我们聊聊。"走进陆老师的办公室,里面透着淡淡的书香和草木的清香,她办公桌旁的窗台上摆满了多肉植物。陆老师随和地笑着,让我坐在了她的身旁。那日,她穿着一身暗红色的旗袍,肩膀处绣着一朵艳丽的牡丹花。我扫了眼她的办公桌,上面堆满了一沓沓的资料和作业。

她的声音柔柔的,又带着些年岁的沉淀:"你最近是不是有什么心事?"

"没事,挺好的。"

"你看上去不怎么高兴啊?"

"挺高兴的。"

……

我倔强地低垂着头,不去看她,不想让自己已经开始泛红的眼眶暴露在她面前。陆老师没再问我问题,她沉默了许久,就在我忍不住要开口时,她离开了位子,俯下身一把抱住了我。她没说话,只是一个劲地用手轻轻拍打着我的肩。一滴、两滴……泪水止不住地从眼眶中涌出,我用力回抱住了她,嚎啕大哭起来,把她旗袍上那朵娇柔的牡丹花浸湿了一片。躲在陆老师的怀抱里,她身上淡雅的香水味、温暖的体温如同一股暖流,进入我的身体,我冰冻的心脏渐渐地解冻了……

从那以后,陆老师只要一有空就来找我谈心。她从不逼问我家里的情况亦或是在学校的委屈,刚开始的大部分时候都是她滔滔不绝地讲着她的愉快与烦恼,而我则不发一言地坐在她身旁,偶尔应和几句。渐渐的,我开始主动和她讲起了自己的烦忧:家中父母间的离散、校内被同学们孤立、班上被老师针对……我总是看似平淡地讲述着这些事情,而每当我讲到一半不再作声时,她就会默默地揽住我的肩,让我把头靠在她的肩上。我知道,她要用她的体温给我的心脏一点温度,好让它重新活蹦乱跳起来。

在陆老师的开导下,我渐渐地驱走了内心的阴霾。然而,不知怎么回事,陆老师有整整一周没有在学校出现。不见陆老师的我,不论在学校还是在家,心中总堵着一团吐不出的闷气。我总是将自己锁在房间里,什么也不做,只是一味地神游、胡思乱想。

有一天我在英语课上发呆,英语老师对着我破口大骂,甚至借此造句。课堂上,我装作一脸漠然和麻木。可是回到家,我关上了房门,将一切能砸能摔的东西扔在地上,抱住自己的脑袋嘶吼着哭喊,把自己的房间搞得犹如狂风过境后,又蜷缩在床上,无意义地发着呆——陆老师,你去哪里了?

好不容易熬过了一周,陆老师又出现在了学校。她找到我,充满歉意地说:"对不起啊,上周我爸住院了,我一下课就跑医院,实在没时间来找你,你最近怎么样?"她看上去消瘦了不少,双眼下是厚重的黑眼圈,她的声音也透着深深的疲惫。

我沉默了一会儿,道:"不好。"

陆老师愣了愣,俯下身又抱住了我:"你看上去不怎么高兴。"

"很不高兴。"我的眼眶周围似乎又泛起了湿润。

什么话都不需要,只要有陆老师温暖而柔和的怀抱,仿佛就能融解我内心深处的冰山,让冰山上的冰块化为水,从我的眼睛里喷涌而出。

……

从那以后,陆老师又开始每天来找我谈心了。这样的谈心一直持续到中考那天,还没走到考场门口,远远地就看见陆老师戴着墨镜,站在炎炎烈日下张望。她似乎也瞧见了我,挥舞着手,兴奋地踮起脚——这大概是她鲜少暴露出的内心活泼、少女的一面。我一路小跑,冲进了她的怀抱,淡淡的书香充盈在鼻间,这个怀抱温暖得让我不禁想要落泪。她紧紧地和我拥抱了一下,随后撒开了手,拍了拍我的肩:"考试顺利!"我一步步走进考场,没有回头,但我能感觉到,她那道温和的目光一直注视着我,仿佛给了我巨大的力量。

中考结束后,同学们自发举办了一场谢师宴。不论是平时有矛盾的,还是惹过事的,那天都分外乖巧,大家仿佛从未有过任何嫌隙一般举杯畅饮,开怀大笑。那天,我坐在陆老师身旁,她看上去也很兴奋——因为这场谢师宴也等于她的退休欢送会。那次,她又穿上了那身绣着牡丹的旗袍,第一次没有顾虑地喝了许多酒,放下了平时的端庄和矜持,不停地向其他老师、同学谈论着我。说着说着,她突然放下了手中的酒杯,一把把我抱进了怀里,我刚要说话,就感到肩膀处逐渐扩散的湿润感。只听陆老师在我耳边不住地抽噎道:"你总是把什么事都往心里憋!我不找你,你也不说!现在你要去高中了,我不在了,你怎么办呀!"她紧紧拥着我,嚎啕大哭,泪珠滚落在她自己的身上,肩膀上的牡丹在经过泪水的湿润后显得越发娇艳欲滴。我只感到鼻间微酸,强忍着泪水,轻拍着她的肩:"你放心,我会好好的。"听完这话,她却似乎哭得更凶了……

陆老师知道,我的父母经过几个月的争吵,终于还是离了婚,把我留给了爷爷抚养。

高中的学习生活是那么紧张和忙碌,没有老师会在乎一个学生的落寞,而我也渐渐学会用怀念来疗愈内心的创伤。

我的书桌上,那张破碎的"全家福"照片早已换成了初中毕业照。陆老师在同学们的簇拥下,那么慈祥,那么开心。在那一刻,我仿佛觉得照片中的陆老师活动了起来,她向我走来,轻轻地拥抱着我,我能感觉到她的体温传到我的身体里,让我那颗冰冷的心感觉到阵阵暖意,重新欢快地跳动起来。

(作者:杨婧艺　指导老师:马骏)

点评:作者描写了一个优雅、细致、富有爱心的老师,在作者父母离异,内心崩溃之时给予了最温暖的拥抱,用女教师的温柔体贴给了作者爱的力量。

六、《我的"恶少男友"》

我的"恶少男友"

阿龙死了。

他是因为游"野泳"溺死的。死的那年,他刚过14岁生日。

阿龙不高,一米七左右,胖胖的,手臂上还有文身,在学校的老师看来,他无疑是个"恶少",而由于他到我们班来找过我,同学们都笑称他是我的"男友"。

我和他的第一次相遇是在初二的一个下午。那天放学,我和往常一样走在回家的路上,突然从旁边窜出来几个男生,拦住了我的路。那些男生咧着嘴笑着,走到我面前,嬉皮笑脸地说:"小妹妹,哥哥想抽烟,给我们点钱咋样?"我被他们的言语和表情吓到了,忍不住往后退。他们见我一副畏畏缩缩的样子,便来劲了,见我还不拿出钱来,他们推搡着我,我一个跟跄摔在了地上。就当我以为要挨打的时候,一个声音从他们的背后传来:"嘿,几个男的欺负一个小姑娘,干嘛呢?"这些男生闻声转头,看到是学校里打架有点名气的"恶少"阿龙,自知惹不起,急急忙忙地跑开了。我看着那位"救世主"慢慢地向我走来,阳光洒在他的身上,橙色的光照得他整个人都明晃晃的,他轻轻地微笑着,两颗虎牙格外显眼。他穿着我们学校的校服,一只手插在裤兜里,一只手伸向我,说:"没事吧?"我借着他的力站了起来,对他说:"没关系,谢谢你!"我问他叫什么,他报上了他的大名,我这才反应过来他就是同学口中大名鼎鼎的"恶少",但因为他救了我——一个素不相识的人,我竟觉得他没有同学口中说的那样坏。

自那天起,我经常会在学校走廊里遇见他,每次遇见他时,我都会主动和他打招呼,他也会回应,每当这时,我的同学就会用惊诧的眼光看着我。时间久了,我便和他熟悉了起来。

第九章 真例(学生习作)

　　一天午休,我在班里写作业,前桌戳了戳我,我抬头,看见阿龙在门口示意我出去,身旁的同学都用异样的眼神盯着我。在教室门口,他和我说他这周六准备和几个朋友一起过生日,问我去不去,我犹豫了片刻后点了点头。

　　其实,阿龙生日当天出去玩的只有我和他两个人,他说别人都爽约了,我也只能点点头,缓解尴尬的气氛。我拿出了精心准备的礼物,是我自己写的一首诗,信封上写着:"给我最好的朋友　阿龙。"作为回礼,他说要带我去一个神秘的地方。我跟在阿龙的身后,走了十几分钟的路,来到街角的一家文身店。店里的老板见到他,笑着招呼他:"又来啦?这次想文什么图案?"他交给老板一个字条:"按这个给我做一个,做得秀气点、漂亮点,是给一个女孩子的。"我刚要去看是什么,阿龙神秘地挡住了我:"你别看,以后你就知道了。"随即他又压低了声音偷偷对我说:"这个礼拜五,我们学校和隔壁学校要打架,我带头!你可别告诉别人!"说到这里,他脸上露出了洋洋得意的笑容。我有些震惊,忙劝他别去,可他就是不听,我心一横,提高了声音对他说:"你去的话,我也去!"他急吼吼地冲我嚷道:"你别去,你去了干嘛,万一误伤了你怎么办!"我的气势软了下来,表面上答应了他,但决定偷偷过去看几眼。

　　打架当天,我平生第一次向父母撒了谎,骗他们说我要去图书馆,实际上我是去看阿龙打架的。我躲在一旁的柱子后面,看着他们用手上的"武器"用力地挥来挥去,地上还淌着血。我害怕极了,正想溜走,一声嘶吼让我愣在了原地:"你们在干什么?!一个都别走!"我抬头一看,居然是正在巡逻的民警。听到这一声吼,这些正在打架的少年们落荒而逃,而我则不知所措地愣在了原地。我看着阿龙从我的面前跑过,又看他跑了回来,抓起了我的手腕,带着我一路狂奔,躲到了安全区域。我跑得上气不接下气,只听到阿龙有些生气地对我说:"不是让你不要来吗?你怎么这么不听话?要是今天被警察抓到了我看你怎么办!"我嘿嘿地笑了两声,说:"这不是没抓到嘛。"阿龙无奈,叹了口气:"下次别再跟我们出去打架了,你一小姑娘,不安全,懂吗?"我立马点了点头。

在回去的路上,我问他为什么要打架,他说:"我也不知道,我爸妈老早离婚了,谁都不要我,老师同学也不待见我,小时候也经常被人欺负,自然就觉得武力才是解决一切的办法。"这是他第一次和我说起他的过去。

本以为打架这事你不说我不说,能够瞒天过海,可没想到,第二天下午阿龙就被叫出去谈话了。放学时我路过门卫的接待室,看到他和一个中年男子站在一起,听着来自班主任的训斥。阿龙还是一副不在乎的态度,往玻璃窗外张望,看到我,便对我笑了笑,我匆匆点了点头,害怕他觉得我在偷听他们对话。我又听到班主任对他说:"我知道你现在不是那么想读书……"而那个中年男子——他的父亲则低垂着头,抿着嘴,一言不发。第二天,我看见阿龙的嘴角有了新的伤疤,我问他怎么回事,是不是又去打架了。他摇摇头,回答我:"不是的,我爸打的,习惯了。"他和我说着他爸爸是怎么对他的,我从他的叙述中听懂了他爸爸在他心中的形象:一个善于用暴力解决一切的中年大叔。阿龙说着说着眼眶有点红了。

在那之后我们经常见面,偶尔也会在食堂打饭的时候一起吃饭。这样一来,风言风语便多了起来。终于有一天,班主任找到我,语重心长地劝我,让我和阿龙不要再联系,说:"你和他能是一类人吗?你将来要干嘛,他将来能干嘛?你自己心里没数吗?和这种人待久了我怕你也会被同化!"正值青春期,敏感脆弱的我再也受不了同学们的窃窃私语和老师们的异样眼光,决定不再与阿龙有过多的交集。

之后,阿龙多次约我出去玩,都被我以"要学习"的借口一一婉拒了。他或许看出了我的故意疏远,在QQ上和我说想和我好好谈一谈,地点就约定在文身店附近的一条小河旁。我答应了他。

第九章 真例(学生习作)

可是那天我并没去,忙于学习的我居然忘记了和阿龙的约定。两天后,班里的一个男生告诉我：阿龙死了。我震惊得说不出话。听说阿龙是在等我那天的晚上去河里游泳溺死的。

我来到了和他曾经一起光顾过的文身店,告诉了老板阿龙的死讯,他也同我一样震惊。我们就这样坐着,一言不发,狭小的空间里只听得到我的抽泣声。过了很久,老板起身走向他的办公室,拿出一张画纸,说这是阿龙给我设计的文身图案。我拿过画纸一看,上面是一串花式英文,写着：my best friend(我最好的朋友)。老板告诉我,那天阿龙就是把这个文字交给他让他设计文身图案的。就在这一刹那间,我蹲在地上,哭得撕心裂肺。

我试着点开了阿龙的QQ空间,他的最后一条动态是在他去世前十天发的。我打开留言板,想给他留个言,发现很多人已经给他留言过了,有我熟悉的,也有不熟悉的。原来有这么多人在用不同的方式纪念阿龙。我在留言板里写道：对不起,我后悔了。

我后悔了,我后悔那天没有赴约,如果我去见了他,他是不是就不会死？我更后悔的,是太在意别人的目光,嫌弃这个别人眼里的"恶少"。如果我没有故意疏远他,他是不是就不会死？因为,在这个世界上,他至少还有我这样一个朋友可以倾诉。

三年过去了,也许谁也不记得这世上有过阿龙这样一个少年,一个老师、家长眼里的"恶少",然而,我记得他,因为他曾是我的"恶少男友"。

阿龙死了,什么都没带走,仿佛没来过这世界一样。此后,每当看到中等个头、胖胖的男生时,我都会想起阿龙,那个很多人眼中的不良少年。这个世界不在乎他,我在乎；这个世界都把他定义为恶少,我不这么认为,其实阿龙没有他们口中说的那么不堪。

阿龙,或许这个世界欠你一个温暖的拥抱,哪怕是一个善意的眼神。

(作者：陆怡文　指导老师：马骏)

点评：文章是以作者的好友、14 岁的阿龙之死揭开序幕的，他是一个老师眼中的坏学生、不良少年。通过作者的回忆，我们可以看到，阿龙并不像人们想的那么坏，他是一个非常需要温暖、渴望朋友的人。作者的立意好在她不仅仅纪念了一位死去的好友，同时在追问，这个孩子的死其实更源自他家庭的破碎、学校的漠视和社会的歧视，源自"这个世界欠你一个温暖的拥抱，哪怕是一个善意的眼神"。

七、《那年夏天》

那年夏天

我是在那年夏天认识阿朗的。

那一年，我念初一，他高一。

去学校接他的那天，突然下起了大雨，上海的夏天，总是多这种不期而遇的雷阵雨，让人猝不及防。从学校到我家只是十五分钟的步行距离，不过，这么大的雷阵雨，不出两分钟，足以把人从头到脚浇个透。我的第一反应是叫出租车，正在我急着在路边拦车手忙脚乱之际，阿朗镇定地说："如果不远，不如就走回家吧。"眼看着很难打到车，我觉得阿朗说得对，与其在马路上淋着雨打不到车，还不如走上十五分钟就到家了呢。

冒着大雨，拖着拉杆箱，我们一路急行着回到了家。妈妈已经在家门口等待多时。看到我们回来，接过阿朗的行李箱："外面下雨，正要去开车接你们呢。你是阿朗吧。""阿姨好！"阿朗虽然和我一样，像个十足的落汤鸡，可是他还是很有礼貌地和我妈妈、爸爸、奶奶、爷爷一一打招呼。阿朗虽然来自遥远的云南小乡村，可是他并没有想象中那么腼腆，他的落落大方和彬彬有礼给我留下了深刻印象。等我们俩洗了澡换了衣服，家里早已经准备了丰盛的上海家常菜晚宴来迎接这位来自远方的新朋友。

晚上，阿朗住在我的房间，和我挤一张床。我长这么大还是第一次和别人挤一张床，一开始挺不习惯的，不过，也挺新奇的。我们这两个住在不同地方、有着不一样的家庭和经历的人，彼此有着很多的好奇。阿朗来自云南德宏的一个小乡村，是农民的孩子，父母都靠种田为生。他呢，由于品学兼优，被当地选拔出来，今年暑假到上海的家庭进行一周的寄宿体验。这是他第一次出远门，坐了两天两夜的长途汽车和火车才来到了中国经济最发达的城市——上海。而我们家也是被学校挑选出来的，家里要具备接待客人的条件，还要有爱心，愿意接纳来自远方的陌生客人。就这样，神奇的缘分让我们这两个素昧平生的人住在了同一个屋檐下。我们聊了很久，我给他介绍了上海的衣食住行，日常生活，他也给我讲了他云南家乡的风土人情，生活趣事。我们俩聊着聊着，不知什么时候睡着了。

第二天，我约了几个同学带阿朗去溜冰。为什么带阿朗去溜冰呢？首先是我自己特别喜欢溜冰，想把我喜欢的东西分享给他；其次是他来自偏远地区的乡村，溜冰场这种东西估计在西南乡村比较罕见，我想带他开开眼界；最后，我以为生活在亚热带地区的人不善于溜冰，想借机炫一下我们的溜冰技术。没想到的是，我只是教了他几个基本要领，他穿上溜冰鞋后，试了几下，没多久居然就学会了，我和同学们都惊讶不已！在我们惊讶的目光中，他没有露出丝毫得意洋洋的神情，下了溜冰场，一个劲儿地感谢我们："溜冰太好玩了，你们都是我的师傅！"——虽然我们的年纪都比他小。

第三天、第四天、第五天、第六天，我们的行程安排得满满的，东方明珠、金茂大厦、新天地、城隍庙……一个个上海的地标建筑；小笼包、生煎、葱油饼、油墩子……一个个上海特色小吃，我们带阿朗一路走、一路吃……

第七天，终于到了分手的日子。分手的那天，天空又下起了阵雨,仿佛喻示着我们内心的不舍。阿朗说,"这好像我们家乡的泼水节,代表着好运"。

阿朗回云南了,我们的生活又恢复到日常没有客人的平淡日子。想不到的是,过了几天,家里来了个快递,是阿朗寄来的,里面有一个葫芦丝,还有一封阿朗的亲笔信。阿朗在信里面说:"感谢你们全家在这一周里对我的盛情款待,让我一点没有感觉到身处陌生的地方,而是感觉生活在一个温暖的家里,而庭庭也让我觉得多了一个善良懂事的弟弟。没啥好送的,就准备了一个我们当地的特产——葫芦丝,是我们当地的一个特色乐器,送给庭庭做个纪念吧。这一周的时间给我留下了美好回忆,让我感受到庭庭、爸爸妈妈、爷爷奶奶的热情和温暖,也让我感受到上海的热情和温暖。叔叔阿姨,以后有机会,我会来看望你们!"

六年过去了,不知阿朗现在过得怎样,如果顺利,应该大学毕业了吧。虽然我们不一样,有着不一样的境遇,但是那个葫芦丝一直挂在我的心里。

(作者:沈院庭　指导老师:马骏)

点评:作者记述了初中时的一段往事,与云南学生阿朗的交往过程。作者一家对阿朗的热情招待令他心怀感激,给作者寄来了一个云南的民族特色乐器葫芦丝,这个葫芦丝将两个家庭条件迥异的少年的心拉得更近了。故事单纯的讲述道出了少年之间纯洁的友情。

八、《我的爷爷》

我 的 爷 爷

爷爷是我们全家的"精神领袖"!家里凡有比较重要的事情举棋不定时,爸妈大多是要请教爷爷的,最后由他老人家一锤定音的事情,结果往往比较圆满。

爷爷在家里至尊的地位,不仅仅因为他是我爸爸的爸爸,是家里最年长、辈分最高的,更是因为他那颇为励志的人生经历。爷爷出生在农村,从小家境贫寒,家里没钱供他上学,可是爷爷勤奋好学,靠在学校门外"偷听"和自学,没上过一天学,居然达到了小学毕业的水平。凭着聪明好学、扎实努力,爷爷在不同的时代都站在了最前列,实现了自己的人生价值。在保家卫国的时代,爷爷曾经是一名光荣的军人;在改革开放的时代,爷爷响应搞活经济的号召,下海经商成为一名成功的商人;在中国作为大国崛起的时代,爷爷退而不休,积极参与政务,为国家的建设建言献策!

虽然爷爷今年已经七十多岁了,可是家里最忙碌的就是他了,开会、考察、提案、作报告……为了便于工作,他甚至每天住在单位宿舍里,只在晚餐时间回来,和我们全家一起共进晚餐。应该说,每天的晚餐时间是我们家团聚的时刻,我和爷爷的短暂接触时间就在这个时刻。

爷爷是个不苟言笑的人,一般情况下喜怒不形于色。所以我对爷爷的敬畏要大于亲昵,但爷爷并不常常"教育"我,他给予我的教育和开导往往是在晚餐后的散步闲谈中。

在爷爷的提议下,我从小就开始了书法学习,从7岁开始,我每天坚持练书法,至今已经11年了。在我练书法的时候,爷爷时常会悄悄地出现在我身边,看到我在专心致志地练字,他会默默看上一两分钟,我能感受到在我的背后,他正默默点头赞许着。从一笔一画地练习,到能够书写完整的诗文,从握笔姿势和对笔锋的掌握,到获得大大小小的各类书法奖项,书法陶冶了我的性情,也给了我更多的荣耀和自信。不过,万事开头难,在最初的学习阶段,我其实是有过打退堂鼓的想法的,因为一撇一捺的练习,纹丝不动的姿势,屏息凝神的状态,都是极其枯燥的,而且这样的练习是每天不少于一个小时,这对一个7岁的男孩子来讲,实在是太过单调了。有一天晚饭后,我没有照例去写字,而是玩起了平板电脑上的小游戏。爷爷发现了这个细微的变化,他唤着我的小名:"庭庭,今天怎么不练字了?"我专心地玩着"切水果"的小游戏,头也没有抬:"我想先玩一会儿。""什么?!"爷爷的声音显然提高了两度,我感觉到爷爷严肃的目光正注视着我,我抬起头来正好与爷爷的目光对接。"爷爷,我今天不想练,可以休息一天吗?"我怯怯地问爷爷。"既然你现在不想练,不如我们去楼下散个步吧。"爷爷出人意料地摸了摸我的头。

  那天晚上和爷爷在小区林荫道的散步,让我感觉到异常的放松和温馨。我和爷爷聊了很多,具体什么内容大多忘了,大致是爷爷聊了自己求学、工作中的艰难历程,也讲了古人铁杵磨成针的故事等。愉快的散步结束了,回到家里,我主动来到书桌旁,摊开纸、磨好墨、提起笔,写了起来。后来,饭后一个小时的书法练习成了我11年来雷打不动的习惯,我特别喜欢写"持之以恒"和"梅花香自苦寒来,宝剑锋从磨砺出"。我把这两幅字裱好,挂在自己的书房里,经常看看就会想起小时候那次和爷爷一起散步,那是爷爷多次向我提起的两句话。

  到了初一的时候,我还和爷爷散过一次步。

  那天晚上爷爷回家吃饭,他发现平时有说有笑的我居然有点闷闷不乐。吃完饭,爷爷说:"庭庭,今晚吃得有点饱,我们到楼下散散步吧,你学习忙,我工作忙,我们已经有很久没有散步咯。""好吧",我答应得有些勉强。

  爷爷是个观察力特别敏锐和细腻的人,也是个非常能够看透别人心理的人,在他面前,我也没有什么好藏着掖着的了。我闷闷不乐的主要原因是我在班里竞选班长时以微弱的劣势败选了,不仅如此,在班委的工作分配中,我又被委任为我最不喜欢的劳动委员。

"你不喜欢做劳动委员?"

"是呀,劳动委员是个苦差事!要负责擦黑板、扫地等教室卫生工作,每天还得等所有同学都走了才能离开,我才不想做呢。我要做的是班长,我说什么,同学们都得听我的。"

"是吗?你们班有你这种想法的人多不多?"爷爷哑然失笑。

"其实我们班很多同学都想做班干部,做班干部在班级里特别有面子,做不了班长,哪怕做文艺委员、学习委员、活动委员都好呀,可是老师偏偏让我做个吃力不讨好的劳动委员,早知道当劳动委员,我费那么多劲竞选干嘛呀!"

"原来,你是把当干部当成做官了!"爷爷的表情变得严肃起来,他似乎是在思考着什么。

看着爷爷严肃的表情,我不敢说话了。

爷爷的表情和缓下来,他意味深长地说:"当班干部是个很好的为班里同学服务的机会,可不是做什么官!不管是做班长还是文艺委员、劳动委员,都是老师的小助手、同学的服务员。不管怎么样,你先做起来试试,但是有一条,既然咱们做了这个干部,就一定要认认真真地把这个工作做好,你能做到吗?"

"嗯!"我用力地点了点头。

第二天我这个劳动委员就上任了,尽管我在家里是饭来张口、衣来伸手的"公子哥",可是既然做了这个劳动委员,还得有模有样地指挥和检查同学们的各项卫生工作,我每天都是第一个到教室排课桌椅,又是打扫完教室后最后一个走。

苦吗?累吗?有点。可是每天离开学校的时候,尽管自己有点像一个脏猴,内心还是有点成就感的。原来"为人民服务"还真的能带给人快乐。在那一刻我似乎有点理解了,为什么爷爷退休了还在为各种公益事业奔忙。

我的爷爷这一辈子不见得做出了多少惊天动地的大事,但是我觉得,他用他的努力、勤奋和默默付出在为社会、为家庭付出他的那份光和热。我想,这也许是他想留给我的精神财富吧。

(作者:沈院庭　指导老师:马骏)

点评:爷爷对作者的教育是"润物细无声"的,爷爷自己的奋斗经历对作者而言十分励志,而且爷爷对"练字"和"选劳动委员"这两件事也是给予了作者极为严肃和中肯的建议和教育,让作者明白了"梅花香自苦寒来"和"为人民服务最快乐"的道理。

九、《那一次离别》

那一次离别

没有初见,就没有离别。如果注定要离别,还不如不见,免得离别时的撕心裂肺。

内蒙古的气候干燥,即使是七月的盛夏也比不上南方的闷热,只是中午的太阳灼得人口干舌燥。我在家,夏日的白天是绝不轻易出门的,所以我记得清清楚楚,接大熊回家那天,正是无比燥热的正午。

大熊是只一岁的金毛狗,我认识它的时候它瘦得几乎只剩皮毛,让人怀疑眼前这条吐着舌头摇着尾巴的狗是不是只有一身皮毛空撑在骨架上,但你看向它的眼睛就会发现,那双像我最喜欢吃的葡萄一样黑亮的眼睛正在偷偷打量你。哦,对了,那个时候,大熊还不叫大熊,它是一只被关在收留所里只有编号的狗。

收留大熊是个意外。它的原主人——一个酗酒的中年人在一次醉酒中摔下自行车撒手人寰,而大熊就被其他亲戚送到了收留所。有认识大熊的人告诉妈妈,希望妈妈可以收留它,妈妈得知这个消息已经是大熊进流浪狗收留所的一个月后了。我与妈妈多次沟通,家里已经有一只大型犬,再收养一只,开销大不说,照顾好它们绝不比照顾幼儿来得轻松。

家里的萨摩耶是家人从小带大的,自然同我感情深厚,我也担心在外流浪过的狗会欺负它,担心大熊会跟它争夺家人的喜爱。此刻我似乎也能体会那些抵触有弟弟妹妹的孩子的复杂心情。

  当我在烈日之下进入臭烘烘的狗圈,看见瘦得皮包骨的大熊乖巧地蹲坐在晒得滚烫的水泥地上,用黑且明亮的眼睛打量我的时候,我觉得心疼。人家说养宠物也是看缘分的,我相信这种说法,大概我们是有缘遇见的。

  办好领养手续后的第一件事,就是带大熊去洗澡。在车上,大熊温顺地趴在后座上,似乎有些不安,我知道要给它适应期,没有过多地逗它。我和妈妈讨论起大熊的名字,我一时间没有好的想法,妈妈就开玩笑说用我的名字喊它,叫涵涵。我反驳着,狗狗好歹是帅气的男孩子,怎么用我的名字。名字还没定下来就已经到了宠物店,我牵狗下车,双手用力拉住牵引绳,看了看大熊的个子,又将牵引绳在手腕上绕了几圈,收紧。

  习惯了每次家里萨摩耶洗澡时的"天崩地裂",看着大熊的温顺安静还真是不习惯,因为大熊的服从,宠物店人员给它洗澡的动作很快。我认真地选择了一条蓝色的牵引绳,给大熊带上了新的颈圈,看着洗过澡毛发金亮的狗,像极了一只森林里刚刚睡醒的熊,想到这里,我对拿着名牌准备雕刻的工作人员说:"就刻大熊吧,大小的大,棕熊的熊。"妈妈闻声走过来说:"啥名字啊,真难听。"我执意要叫它大熊,我蹲下身,捧着大熊的头说:"你以后可就是我的狗了记住了吗?"一直安安静静的大熊像给我答复一样:"汪!"

  我和大熊相处很和谐,我只要睡不着就会偷偷地拿着牵引绳推醒大熊,对着他晃晃手中的绳子,大熊就会猛地蹿起来,开心地摇尾巴。大熊远比我想象中乖巧,它不会乱吠,也不会在家大小便,它会很好地跟着我,几乎不需要牵引绳。它甚至不会与其他狗打闹,除了第一次见到大熊那天,我们再也没听过它叫,以至于家里其他人一度认为大熊是一只不会叫的狗。直到那天,大熊离开我的那一天。

2017年的夏天，高考后的暑假比以往的暑假都要轻松，每一个睡不着的凌晨都是我和大熊的狂欢。因为它是大型犬，我几乎很少在家以外的地方松开牵引绳，而一只成年大型犬的奔跑速度我又跟不上，所以大熊很少有机会好好跑一跑。凌晨的街道几乎不可能碰到人和车，这就成了大熊的绝佳跑道。我们几乎每一个凌晨都在无人的街道上狂奔，我追不上它就只能在昏暗的路灯下等它，带着大熊的我比白天出行更有安全感。

　　再热的夏天也会结束，我和大熊的快乐日子也算到了头。行李已经提前寄到上海，我出门时两手空空，异常轻松。我和大熊打招呼，让它好好看家，像初见那样捧着它的头，我说我很快就回来，蹭了蹭它干燥的鼻子。而一向听话的大熊快速地跑到沙发边叼起牵引绳，挤向门口看着我，摇着尾巴，想要和我一起出门，像平常催我散步一样。而我只是看了看大熊，拿下了牵引绳挂回原处，看了看手机告诉它我马上就回来了。大熊在我快关门的刹那狂吠不止，几乎没听过大熊叫的家里人对大熊的狂吠无比震惊。我以为大熊是担心我抛下它而有此反常举动，我就这样带着自己的自以为是，猜测着大熊的想法，离开了家。

　　大熊的死讯我是在电话里知道的。原来，在我离家前大熊已经得了狗瘟。狗一旦得了狗瘟，死亡率高达百分之八十，大熊也成了那百分之八十中的一条狗。现在想来，大熊也许是预测到了什么，也许是想留住我陪它走过最后的日子，也许是在用它的方式在和我告别。

　　"永别了，大熊！"我在心里一遍一遍地默念着，而那个无比燥热的夏天却没有给我留下和大熊说再见的机会。

（作者：闫子涵　指导老师：马骏）

　　点评：作者是个富有爱心的女孩子，在文中描述了收留一只被遗弃的金毛狗大熊的故事。大熊黑且明亮的眼睛、大熊的安静温顺、大熊与作者之间亲密的关系、妈妈对大熊的喜爱,以及作者与大熊凌晨奔跑在城市街头的画面等,描绘出了人与动物和谐相处的温暖场景。最后,大熊的不幸离世留给了作者无尽的遗憾,这非常切合"离别"主题的内涵和意境。作者的文字自然朴实,片段回忆真实细致,虽尚显粗糙,但其中真实的细节和深刻的情感还是增加了文章的感染力。

十、《童年》

童 年

童年时期的我是在高雄左营的眷村小镇里度过的。

当时照料我的保姆婆婆是母亲的老朋友介绍的,是一位非常刀子嘴豆腐心的五十多岁老妇人。婆婆讲话大大咧咧,嗓门特大,每次在妈妈送我到巷子口时就能听见她在屋子外和街访邻居聊天的笑声,一见到她,就能立刻听见她用一口标准的闽南话笑问我:"来啊喔?啊哩甲爸没?(来了喔?啊你吃饱了没有?)"或者偶尔没有在巷口遇见她,在巷头的小院子里就一定能发现她正在与几个邻居热热烈烈地打麻将。

印象比较深刻的,是当时年纪尚小的我蹦蹦跳跳地跑了过去看她打麻将。当时不懂规则的我在她旁边转了好半天,看也没看懂,皱了皱眉头想,就直接看着牌面喊了一声:"八万?"

"哎哟,不可以讲啦!"我立刻就被拍了一下,被婆婆操着一口不标准的"台式国语"没什么威慑力地回头瞪了一眼。前面几个阿姨立刻笑咧了嘴,把手里的"八万"就打了出去。结果她还没骂完我,眼睛向前一瞪,婆婆就马上眉开眼笑地咧开了嘴:"哎,八万!胡了!自摸!"看她笑我也就跟着又骄傲又自豪地笑,当时什么都不懂,还觉得自己是个小福星嘞。

婆婆的闲暇活动除了打打麻将、拌拌嘴,其他时候看看电视,

  大概也就剩下逛菜市场了。在记忆中,她喜欢带着我去市场,因为市场里的阿姨们认得我,看我笑一笑甜甜地喊"阿姨好"就觉得我讨喜,会眉开眼笑地多送她几把菜,然后再问我"哎呀,是不是又长高啦?变漂亮啦?"

  成功收获一圈优惠特送的我总会在走出市场时撒娇地拽拽婆婆的手,成功获得菜市场门口香喷喷的甜点鸡蛋糕。虽然有时还会被婆婆凶巴巴地勒令:"还没吃晚饭不许吃!回去再吃!"但她无可奈何的眼神又会默许我偷偷在她背后吃上两口。

  菜市场旁边的鸡蛋糕是最香最甜的,有我最喜欢的奶油口味,我会在她身后偷偷地捏着小纸袋张口尝上一嘴,然后很快在被发现后婆婆凌厉的眼神和"再吃就不准吃了!"的威胁下,怂巴巴地放下。

  记忆里,推着小推车来卖猪脚面线的阿婆做的面是最好吃的,经常在巷子里远远就能听见她推车的小轮子在不平的柏油路上滚动,上面的大铁锅铿锵作响。在婆婆偶尔犯懒不想做午餐的日子里,我就有幸能品尝到。还有菜市场里买回来的米香是最好吃的,虽然那通常只有我感冒的时候才有机会在被摁着痛苦地喝完药后吃到……当然,最最好吃的,还是婆婆做的饭,尤其是香菇鸡汤!那一锅汤是我童年里最怀念的味道,直到后来我上小学回到母亲家里,都还经常馋嘴地回到左营去讨那一锅汤喝。

  平常婆婆会坐在巷口的木椅上剥剥菱角,或搬来一大盆莲子让我帮忙剥皮。最特别的工作是削甘蔗,那是她最喜欢的口粮,但婆婆的两个女儿来访时经常叮嘱她少吃点。

  我一直记得那个木椅,记忆里,我会坐在那里,让婆婆替我剪变长的脚趾甲。晚上和其他邻居一起聊天的时候,婆婆也喜欢坐在那里和大家一起开怀大笑——她的声音总是很洪亮,能让巷口来接我回家的母亲都听见。

  后来她走了,也带走了我的童年,街头巷尾也再听不见她爽朗的笑声。

婆婆是在我升初三那年过世的。她过世的前半年,我曾经见过她一面。随着我长大不再需要托育后,小学时就回到了母亲的住所,与她见面的机会越来越少。直到初中,我到了外地读书、住校,她也就像淡去的童年记忆一样,在我忙碌的校园生活里越来越少地被我想起。

初二那年,周末从学校回家的我被母亲告知婆婆生了病,是肺积水,然后带着我去医院见了她。那时我已经很久没有见过她,床上瘦弱苍白的老人和印象里永远健朗豪爽的她判若两人,生疏得让我一下竟然不知道怎么和她说话。

我记得婆婆的小女儿当时守在床边,眼眶有点发红,神色疲惫。白色的房间、白色的病床、白色的帘子、充满药水味的病房里,最触目惊心的是床旁装满了红色血水的透明罐子。上面透明的管子被血充满了,连接着婆婆白色棉被下遮盖的身体。母亲说那是因为肺积水,是婆婆肺里多出来的水,必须抽掉。

我太久没有和她见面,说话都变得客气,只喊了她一声婆婆就安静地坐到床边。只记得她躺在床上,勉强撑起了笑脸,打量了我一会,又用那一口"台式国语"问我:"啊最近过得怎么样?好像有变胖哎?"

那可能是我最后一次听她对我说话。

我当时问母亲,肺积水是什么样的病,会不会很严重。她说还好,问过了婆婆的小女儿,应该不是大事,很快就能好。当时我松了口气,心想那就好吧!希望她快点好起来,以后还能去她家里喝汤。

现在想想,拥有这样想法的我真的很自私,毕竟这几年来我明明已经很少去探望她。

半年后,升初三那年的暑假,还在学校里暑期辅导的我接到了她癌症病逝的电话。母亲问我要不要请假回去参加她的告别会,那时候她已经下棺,而我尚在震惊里手足无措。母亲这时才在电话那头用温柔的声音娓娓道来,原来,半年前她是癌症末期并发的肺积水被发现,但她不愿意告诉我和我母亲,希望大家瞒着我……直到过世,大家觉得不能再瞒着被她带大的我,才把实情告诉了我母亲。

"回来看看吧,人家说,婆婆合眼前最挂心你。"

在她离开六年后我再次回到那里,其实鼓起了很大的勇气。骑着机车,我依循记忆里在母亲的车窗旁看见的景色,慢慢找着路回到了旧左营的那个小巷里。先是经过外面的菜市场、巷口的寺庙……停下机车后,我慢慢地走进去,外面的样子没什么改变,仿佛一走进去,就能再听见婆婆笑着问候我的声音——"来啊喔?啊哩干那搁伞啊喔?(来了喔?你好像又瘦了喔?)"

老旧的巷子格外安静,楼房外面的木椅因为多年的风吹雨打太过残破而被扔掉了。那个小小的广场里没有人笑闹,也没有人打麻将,空空荡荡的,街头巷尾也再没有群聚着说话打趣的阿姨。

我站在曾经木椅的位置闭上眼睛,却已经想不起来那年鸡蛋糕的甜,也再想不起来她煮的香菇鸡汤是什么味道。

我在那一刻想,原来我的童年,真的已经跟着她走了。

〔作者:黄芃蒨(中国台湾)　指导老师:马骏〕

点评:作者以貌似平淡却饱含深情的笔墨勾勒出幼年时照顾自己的保姆婆婆的生动形象。通过"巷口问话""打麻将""买菜"等场景,以及对鸡蛋糕和香菇鸡汤的回味,作者将自己童年的"色、香、味"都呈现在读者眼前。文章中对闽南方言的使用是全文的一大亮点,把一个生活在台湾社会底层的老妇人形象生动地描绘了出来,也使文章洋溢出浓浓的台湾地域文化特色和乡土人情。

参 考 书 目

① 于君:《散文讲稿》,群言出版社 2003 年版。
② 张振金:《中国当代散文史》,人民文学出版社 2003 年版。
③ 陈平原:《中国散文小说史》,北京大学出版社 2010 年版。
④ 贵志浩:《话语的灵性》,浙江大学出版社 2010 年版。
⑤ 林贤治:《中国散文五十年》,漓江出版社 2011 年版。
⑥ 程锦程主编、徐慧琴编选:《中国新时期散文研究资料》,山东文艺出版社 2006 年版。
⑦ 傅德岷:《散文艺术论》,重庆出版社 1988 年版。
⑧ 沈义贞:《中国当代散文艺术演变史》,浙江大学出版社 2000 年版。
⑨ 方遒:《散文学综论》,安徽教育出版社 2004 年版。
⑩ 佘树森:《散文创作艺术》,北京大学出版社 1986 年版。
⑪ 周红莉编:《中国现代散文理论经典》,苏州大学出版社 2008 年版。
⑫ 琚静斋:《文学写作教程》,北京大学出版社 2018 年版。
⑬ 王景科编:《中国现代散文小品理论研究十六讲》,山东文艺出版社 2009 年版。
⑭ 冰心:《冰心散文》,浙江文艺出版社 2019 年版。
⑮ 冰心:《冰心散文精选》,长江文艺出版社 2017 年版。
⑯ 老舍:《老舍散文精选》,长江文艺出版社 2017 年版。
⑰ 巴金:《巴金散文精选》,长江文艺出版社 2017 年版。
⑱ 冯骥才:《冯骥才散文精选》,长江文艺出版社 2017 年版。
⑲ 毕淑敏:《毕淑敏散文精选》,长江文艺出版社 2013 年版。

⑳ 贾平凹：《贾平凹散文精选》，长江文艺出版社2017年版。
㉑ 朱自清：《朱自清散文精选》，长江文艺出版社2017年版。
㉒ 张中行：《张中行散文精品集·贫贱行乐》，北方文艺出版社2017年版。
㉓ 方星霞编：《文学精读·汪曾祺》，浙江人民出版社2018年版。
㉔ 张晓风：《文学精读·张晓风》，浙江人民出版社2018年版。
㉕ 史铁生：《史铁生散文精选》，长江文艺出版社2017年版。
㉖ 丁立梅：《散文精读·丁立梅》，浙江人民出版社2018年版。
㉗ 黄永玉：《黄永玉自述》，大象出版社2004年版。
㉘ 李娟：《阿勒泰的角落》，新星出版社2013年版。
㉙ 肖复兴：《肖复兴散文100篇》，新华出版社2012年版。
㉚ 季羡林：《留德十年》，华东师范大学出版社2016年版。
㉛ 林清玄：《散文精读·林清玄》，浙江人民出版社2018年版。
㉜ 林清玄：《林清玄散文》，浙江文艺出版社2008年版。
㉝ 北岛：《青灯》，江苏文艺出版社2008年版。
㉞ 北岛：《城门开》，生活·读书·新知三联书店2010年版。
㉟ 陈丹青：《多余的素材》，广西师范大学出版社2007年版。
㊱ 余秋雨：《文化苦旅》（新版），长江文艺出版社2014年版。
㊲ 余光中：《余光中散文精选》，长江文艺出版社2017年版。
㊳ 鲁迅：《朝花夕拾》，江苏凤凰文艺出版社2015年版。
㊴ 高长梅主编：《写人叙事散文选·中学卷》，花山文艺出版社2013年版。
㊵ 史芊芊主编：《读者最喜爱的经典散文》，百花洲文艺出版社2013年版。
㊶ 《散文2015精选集》，百花文艺出版社2016年版。

后　　记

2020年的上半年，注定是令人难忘的。

一月份开始，新冠病毒肆虐神州，继而造成全球性的疫情，至今未绝。国内长达三个月的封闭和艰苦卓绝的战疫过程，让我们看到了人类的大爱和人们战胜病魔的勇气。

我得以在这半年里，利用上网课之余的时间完成《散文写作教程》，希望这本书能或多或少地给读者的散文写作带来帮助。

这本教材得以完成，需要感谢很多人。首先要感谢上海市成才教育进修学院院长、上海戏剧学院继续教育学院浦东教学点主任、艺呗影业CEO徐鸿先生的全力支持。其次，要感谢我的家人，是她们为我心无旁骛地安心写作提供了全面的支持。最后，还要衷心地感谢我的学生们。在这几年的教学过程中，我与各位同学坦诚相见，互道心声，那些令人感怀的往事令他们在课堂上数度落泪，也让我感同身受。

书中选用了经过我指导并修改的部分学生作业，在此，对这些学生表示感谢。他们是沈院庭、姚雨清、邓景文、赖泽丰、叶慧萍、陆怡文、杨婧艺、闫子涵和黄芃蒨。

特别感谢蒙纳士大学（Monash University）的曾一芳同学参与本书的核校工作。

目前，我的学生们大多在自己心仪的高校中深造，在这里，祝愿他们学业有成,生活快乐!

马骏

2020 年 6 月 9 日

于上海

图书在版编目(CIP)数据

散文写作教程/马骏编著. —上海:复旦大学出版社,2020.10(2024.11 重印)
影视编导辅导系列教材
ISBN 978-7-309-15281-4

Ⅰ.①散… Ⅱ.①马… Ⅲ.①散文-创作方法-教材 Ⅳ.①I056

中国版本图书馆 CIP 数据核字(2020)第 157837 号

散文写作教程
马 骏 编著
责任编辑/朱安奇

复旦大学出版社有限公司出版发行
上海市国权路 579 号 邮编:200433
网址:fupnet@fudanpress.com http://www.fudanpress.com
门市零售:86-21-65102580 团体订购:86-21-65104505
出版部电话:86-21-65642845
常熟市华顺印刷有限公司

开本 890 毫米×1240 毫米 1/32 印张 5.875 字数 147 千字
2020 年 10 月第 1 版
2024 年 11 月第 1 版第 4 次印刷

ISBN 978-7-309-15281-4/I·1250
定价:36.00 元

如有印装质量问题,请向复旦大学出版社有限公司出版部调换。
版权所有 侵权必究